神様のすること

平　安寿子

幻冬舎文庫

神様のすること

目次

第一話

母の死を待って

1

急性腎不全と心不全に肺炎を併発し、三日三晩、カッと目を見開いた鬼の形相で生の縁《ふち》に踏みとどまった母が意識を取り戻したとき、「八十三まで生きることにした」と言った。

そのとき、母は七十七と八カ月の齢《よわい》を重ねていた。母の状態は予断を許さず、そのときが来ても延命措置はしないと担当医師と意思の確認までしたあとのことだった。だから、母のこの言葉は天からのインフォメーションだと思った。

母はさらに「近くまで行ったのに、帰された」とも言った。

旅行をするときはいつも出発時刻の三時間前からそわそわし始め、一時間前にはプラットホームに立っていなければ気がすまないという、病的にせっかちな母のことだ。寿命の五年以上前にあちらの窓口まで出かけて行列に並ぶくらいのこと、しかねない。

きっと、そうだ。母は行ってきたんだ。そして、きっと神様に正しい刻限を教えられて「帰された」。だから、母は八十三歳で死んだ——それはわたしの中で、決定事項になった。

そして、葬式の挨拶で、この不思議な話をしようと思った。


危篤を脱した母に、意識不明の三日間、何が起きていたかを訊《き》いたら、こんな話をした。

——黒い服を着て顔が見えない恐ろしい誰かが、そこにいた。まわりにたくさん人がいるのだが、誰もその黒服と対決しようとしない（なんだか知らないが、対決しなければならない相手だったそうだ）。このままでは埒《らち》があかない。仕方ないから、本当はやりたくなかったけど、わたしが前に出て、その黒服とチャンチャンバラバラ闘った——。

まるで、ダース・ベイダーとルーク・スカイウォーカーの決闘だ。母は『スター・ウォーズ』を知らないから、悪漢黒仮面とお姫様剣士の一騎打ちかしら？

「それで、どうなったの？」

「勝負がつかなくて、そのうち、向こうに許してもらって、二人で仲良く食卓を囲んで、食べたり飲んだりした」

「まわりにいた人たちは、どうしてたの」

「一緒に、その席にいた。みんな、笑ってた」

「ふーん……」

黒い服をまとった『死』と闘って引き分けに持ち込み、「許してもらって」和気藹々《あいあい》のうちにこっちに戻ってきたなんて、できすぎの臨死体験談だ。だが、これはわたしの作り話ではない。本当に、覚醒したばかりの母が話したことで、それからしばらく経《た》って落ち着いたとき、もう一度訊いてみたら「わたし、そんなこと言ったの」と茫然《ぼうぜん》としていた。


危機を脱して個室に移ってからも、二カ月は奇妙な混乱状態が続いた。

黒服とのチャンチャンバラバラを話したかと思うと、呼びかけには答えるから昏睡ではないものの、口を開けてグーグー眠るばかりの毎日になる。

心臓内の血管になんらかの障害があると思われるが、造影剤を使った検査はリスクが高すぎる。だから、利尿剤の点滴で肺にたまった水分を排出させつつ、体力の回復を図るしか、当面できることがない。しかし、危篤に陥った原因が特定できない以上、再び同じことが起きる可能性はある。まだ油断はできないと医者は言った。

ＩＣＵから個室に移ったものの、急変をチェックできるよう、心電図と酸素飽和度は常に監視下にあり、家族は交代で昼も夜も付き添った。自力で食べることはできず、喉元にあけた穴から管を通す中心静脈栄養と、膀胱《ぼうこう》に直接つないだ尿道カテーテルが生命《いのち》の綱だった。

意識のほうは、どういう法則が働いているものか、覚醒と爆睡を繰り返した。そして、ぽかっと目を開けるたびに「口が勝手に動く」という感じで、奇妙なことを口走った。

あるときは、一週間にわたって、小声で歌い続けた。

医者や看護師が呼びかけると、相手の顔をじっと見つめ、言われた言葉をそのまま、歌でオウム返しするのだ。わたしたちが話しかけても、歌で返す。歌詞はよく聞き取れなかったが、一語だけ、はっきりわかる言葉があった。

マンコである。

それを聞き取ったわたしと長姉は、思わず顔を見合わせた。それから、困惑のあまり、苦笑を嚙《か》み殺した。

元気な頃の母は性的なことにものすごい嫌悪感を示し、話題にするのも嫌がった。それなのに、夢遊状態で猥褻《わいせつ》な小唄を歌っている。

母は東京の下町で生まれ、十三歳から十九歳まで浅草にあった国際劇場の喫茶店で働いた。この環境で、その手の歌を知らないほうがおかしい。しかし、大正生まれの潔癖さで六十年あまり、きっちり封じ込めていたのだろう。

ところが、生き残るために猛々《たけだけ》しく燃え上がった本能のマグマが、原始脳を覆っていた理性の地層を吹っ飛ばした。それで子供の頃、無邪気に覚えた歌が出てきたのだ（多分）。

社会化された理性がどんなに蓋《ふた》をしても、こういうことって忘れられないものなのよね。


それで思い出したが、わたしが通ったキリスト教系の女子校に、マンコというあだ名のクラスメイトがいた。

中高一貫教育で、十代の少女が佃煮《つくだに》のように寄り集まっている場所には「マリコ」が山ほどいて、マリちゃん、マコという呼び名は、ありふれていた。他との差別化を図りたい一人のマリコが、マンコなるニックネームをひねり出したのは中学のときだ。わたしたちの誰も、それがそういう意味だと知らなかった。で、毎朝、礼拝が行われる神聖な校内に友を呼ぶ少女の汚《けが》れない声が響き渡ったのだ。

ちょっと待ってよ、マンコー！

彼女がいきなり「これからは、マリコさんと呼んで」と言い出したのは、高校三年生になったときだった。しかしながら、他との差別化は重要事項で、フラットなアクセントで発音すべしという注文がつけられた。その頃には、わたしたちも名付けの失敗に気付いていたため、喜んでその提案を受け入れたのだった（それにしても、遅いよね）。

懐かしいなあ。教室の窓から身を乗り出し、校庭にいる彼女に向かって、声を揃えて叫んだあの日あの時。

「マンコー！」と呼べば、彼女は振り向いて手を振った。

その光景を思い浮かべれば、わたしも含めた少女たち、すべての背中に羽が見える。考えてもみてよ。誰も、その意味を知らなかったのよ。あり得ないほどの無菌状態ではないか。あの頃のわたしたちは、ほとんど天使だった。

しかし、大人になったからには、マンコなんて口にできないのです。

四十を過ぎたとき、同窓会が開かれた。マンコ（このあだ名はもはや、額に刻まれた刻印ですな）は、ゴールドの大振りなイヤリングに黄色いスーツを着て現れた。姐御肌《あねごはだ》で人気者だった少女は、堂々たる大姐御に成長していた。

列席した同窓生は「マンコ」を心の中に閉じこめ、フラットなアクセントで「マリコさん」と話しかけた。彼女自身も絶対覚えているはずなのに、息を合わせて忘れたふりをした。

そのとき同様に、母のうわごと小唄でその言葉を聞き取ったわたしと姉は、それをなかったことにした。そして、父と医者が気付かないでいてくれることを願った。

幸いなことに、母の奇妙な錯乱唄語りは、ある日突然、終わった。そのかわり、東京弁で闊達《かったつ》にしゃべる陽気な女の子が現れた。それは、二十歳《はたち》で山梨に嫁ぐまでの母の姿だった。

2

戦後の混乱期を山梨で過ごした父と母が、親戚を頼って広島に来たのは昭和二十三年のことだった。山梨の田舎より広島のほうが、仕事のつてがあったからだ。そして、二人で小さな鞄屋を始めた。

出不精で引っ込み思案の父に代わって接客も近所付き合いも一手に引き受けた母は、あっという間にばりばりの広島弁しゃべりになった。それなのに、七十五歳でうつ病にかかり、家に引きこもるようになると、わずかに口にする言葉は標準語で、広島弁は出てこなくなった。

つまり、娘たちは母の東京弁を聞いたことがないのだ。故郷の東京に帰り、叔母たちと話すときも、母は広島弁だった。

それなのに。

「喉が渇いたって、言ってんだろ。お水、飲ませてよ」

べらんめえでビシバシ言われて、目をむいた。

「のろまだね。何やってんのさ」

「でも」

肺にたまった水を抜くため、水分をとらせないよう指示が出ていた。だが、あまりうるさくせがむので医者に相談し、氷ひとかけらなら口に含ませてもいいという許可をもらった。少しでもおいしいようにと製氷器でオレンジジュースを凍らせてなめさせると、味を占めて、しょっちゅう「氷、ちょうだい」と命令される。

「早くしてよ、待ってんだから」

大いばりである。

それでも、付き添う家族はなぜか、この奇妙な変身ぶりを気味悪く思わなかった。三日三晩、鬼のようだったときに比べれば、はるかにましだ。それに、ここは病院だ。生死の境をさまよう老人たちが常軌を逸した言葉を発するのを、よそながら見聞きもした。

わたしたちが気にしたのは、体温や心拍数や酸素飽和度、食べた量に出した量、要するに生体としての機能の状態だけだった。

わたしが単なる見舞い客であの状態を見たら、母の頭がイカレたと思ったに違いない。高熱のせいで、すっかりおかしくなったと。だが、なぜか、わたしたちはその可能性を危惧《きぐ》せず、この状態を面白がった。今思えば、死なずにすんだだけでほっとしていたのだ。奇妙なハイテンションではあっても、母は生きていた。

それに、この勝ち気なネエちゃんぶりには覚えがある。

子供の頃、寝そべって本を読み出したら滅多なことでは動かないわたしは、せっかちな母にしょっちゅう言われたものだ。

「シャンシャンしなさい！」

それは母の造語で、「さっさと動く」ことを意味した。

一度、わたしの手からつるりとすべった氷が、弾みで母の口の中に飛び込んだことがあった。気管に入りそうになったものだから、母は勢いよく身体《からだ》を横に向けて吐き出した。

「もう、あんたはやることがぞんざいなんだから」と叱られた。これもまた、わたしにはお馴染みの説教だ。

ここ数年、老いに負けてふさぎこんでばかりいる姿に慣れてしまったからすっかり忘れていたが、わたしを叱り飛ばしているのは、確かにシャンシャンしていた本来の母だ。

また母は、看護師に盛んにお愛想を言いもした。

「可愛い顔、してるねえ」

「他人の下の世話なんて、あたしなら、やれないよ。えらいねえ。何か、お礼をしなくちゃ、ねえ」

このおばさんくさい如才なさは、ハンドバッグを買ってもらうためにお世辞の限りを尽くす母を思い起こさせた。

しかし、東京弁をしゃべっている限り、今の母の心は、京子という名前から「京ちゃん」と呼ばれていた娘時代に戻っているとしか思えない。どうにも奇妙なのだが、なにしろ元気なのが嬉しくて、わたしたちはときには笑いながらそれを受け入れた。

あるときは布団をはねあげて、手足を盛んに動かしている。盆踊りのような手振りだ。

「お母さん、踊ってるの」

「そうだよ」

「お母さん、もしかしたら、舞台で歌ったり踊ったりする芸人になりたかったんじゃない」

「うん。ちょっとね」


母がウエイトレスとして働いていた浅草国際劇場は、松竹少女歌劇のホームグラウンドだった。ターキーこと、水の江瀧子が大人気を博していた頃だ。

母は役得で、レビューや映画をただで見物できた。映画スターが楽屋で愛人とつかみ合いの喧嘩をしているのを見たこともあるそうだ。

この仕事の求人情報はラジオで流された。少女歌劇に夢中の友達が面接に行くのに「ついてきてよ」と頼まれたので、くっついていったところ、友達ではなく母が採用されてしまったそうだ。

　オーディションに受かったタレントにありがちのエピソードで、母も「その気はまるでなかったのに」働くことになったと言う。多分、友達より母のほうが可愛かったから……。

　みんなが「可愛い」「可愛い」と言ってたから、わたしはほんとに可愛かったんじゃないの——と、自意識の強い母の自慢は妙に屈折した。楽屋にコーヒーを出前したとき、水の江瀧子に「京ちゃんていうの。可愛いねえ」と言われたというひとつ話を、わたしは耳にタコができるくらい聞かされたものだ。

　ある日、母の職場に、尋常小学校の担任の先生が現れた。店の外にそっと呼び出し、母の頭を撫でて「頑張れよ」と言った。その目には、涙が光っていた。

　その熱血青年教師は、貧乏な家のために泣く泣く進学をあきらめて（と思い込み）、十三歳で働く元生徒の身の上に同情して泣いてくれたのだろう。母がその気持ちを汲んで一緒に泣けば、『二十四の瞳』顔負けの愁嘆場である。

　でも、母はきょとんとしていた。

　祖父は腕はそこそこの大工だが怠け者で、家に金があるうちは働かなかった。口減らしのために好きでもないのに結婚させられたと、祖父が死んだあとになっても孫のわたしに恨み言を言っていた祖母とは、しょっちゅう喧嘩だ。

母は長女で祖父に猫可愛がりされたが、妹たちが次々と生まれるのに、蓄えというものがまったくない家に気をもんでいた。それで、近所のおばさんの家に自分で掛け合って、造花を作る内職を紹介してもらった。お金をもらうと、嬉しくてたまらない。お金がもらえるから、母は張り切った。

勉強やお稽古《けいこ》は、嫌いだった。

料理や裁縫、あるいは造花作りや給仕の仕事のように、見よう見まねで自然に覚えられるものなら、どんとこいだ。でも、教則本があり、怖い先生がいて、レベルを上げることを求められ、しかも評価を下されるという状況に耐えられない。

芸者さんに憧れ、親に頼み込んで行かせてもらった三味線の稽古も、初日でつまずいた。大人用の三味線を膝《ひざ》の上に構えることが、どうしてもできない。そのうえ、やってみて気がついたが、右手と左手を別々に動かすのが母にはできなかった（わたしも、そうだ）。

お師匠さんは厳しくて、「そうじゃない！」「違う！」と金切り声で叱る。怒られると萎縮する母は、パニック状態になって言われる言葉をはじから取りこぼす。

そして、母は稽古を投げ出した。怒られないように、頑張ってうまくなろうとは思わなかった。弦を押さえると指が痛いし、どこを押さえたらいいのか、印がないからすぐにわからなくなるし。まごまごすると、癇性のお師匠さんに「あんたはカンが悪いねえ」とあきれられる。自分を否定されたと思い、これがトラウマになった。

後年、歌謡曲に合わせて踊る「新日本舞踊」に興味を持ち、習っている知り合いに誘われもしたが、やはり、お稽古が鬼門になって試してみることさえしなかった。昔のお師匠さんと違って、現代のカルチャーセンターの先生は優しい。だが、上手な人を見てしまうと、同じようにやれない自分を人目にさらすのが恥ずかしくて、引っ込んでしまうのだ。

人からの評価をとても気にする母は、「誰でも最初からうまいわけではない」と励まされても、聞き入れなかった。うまくやれない自分、恥をかく自分を見られるくらいなら死んだほうがまし。それほど、母の人目恐怖症は強固だった。

覚えが悪いうえに根気がないからと、母はよく言い訳した。料理などは手早いし、そろばんも人並みに弾《はじ》けたから覚えが悪いとは思わないが、根気というか、集中力が持続しないのは確かだ。なにしろ、せっかちですからね。すぐに気が散る。こういう子供は、勉強に向かない。

お勉強やお稽古をしなくても、母にはできることがあった。時間通りに出勤し、掃除に給仕に後片づけにとシャンシャン動いて、「いらっしゃいませ」「ありがとうございました」と笑顔で頭を下げる接客が苦にならない。母のプライドは、自分の裁量でお金を稼ぐことで支えられた。

母は、尋常小学校を卒業してすぐに働きに出ることを不幸だとは思っていなかった。だから、同情する先生の涙を見て「どうして、泣いてんだろ」と不思議がったのだ。

そのくせ母は、ろくに働かず子供の自分に苦労を負わせたと、祖父を恨んでいた。

大工は身体を使って汗を流して、ようやく日当をもらえる大変な仕事だ。それにひきかえ商売人は、品物を仕入れ道端に並べて、煙草でも吸いながらぼーっと待っていたら客が来て買っていく。楽でいいじゃないか。商売人に鞍替えしよう——と、祖父は何度もトライした。

人通りの多い道路や公園にむしろを広げる露天商で、品物は主に古本だった。小学校から帰ってくると、母は店番をさせられた。祖父はその間、どこかに遊びに出かけてしまうのだ。そして、夕方、暗くなると戻ってくる。

ひとりぼっちで、露店の店番をする子供。そりゃ、可哀想な絵柄だが、昭和初期に母のような境遇にいたならみんなそうしただろうし、そんな子供は珍しくなかったはずだ。

それに、母がいやいや店番を務めていたとは思えない。

露店の古本屋は、現代のホームレスがやっているように、人が読み捨てた本や雑誌を集めて、割引値段で売るというものだった。通りかかった人が道端に並べられた古本をペラペラめくって、中身を吟味して買っていく。その様子を、母は思い出し笑いを浮かべて面白そうに話した。売れて、お金を受け取るとき、母は嬉しかったはずだ。

七十五歳でうつになったとき、何か趣味はないのかと医者に訊かれた。母は、何もないと苦笑いした。本当に、母は趣味というものを持たなかった。母の喜びは、働いた分だけの収入を得ることだった。父とやっていた鞄屋は、売れば即、現金収入になる。品物が売れたとき、母は陽気になった。母の趣味は、有り体《あていい》に言えば、へそくりだった。

それでも、二人きりの小さな店では大儲けというわけにいかない。小心者の父は、利益を上げるために投資を増やすという考え方ができなかった。

ちまちま儲けて、出銭《でせん》はできるだけ減らす。それが父にできる家族経営だった。家族で食事に行くとか、映画を見に行くのも、母が言い出さないと実現しない。それも、往々にして父は渋った。母はお金がないのに気前はよかった祖父を引き合いに出して、ケチな父を子供の前で糾弾した。

祖父は金が入ると家族全員を連れて浅草に繰り出し、映画を見て、食堂で好きなものを食べさせてくれた。新しもの好きで、蓄音機が流行《はや》っていると聞くと早速買い込み、レコードも何枚も買った。溺愛《できあい》していた母のために、家具を買うときは、嫁入り道具にするからと同じものをふたつ誂《あつら》えたそうだ。

お金の心配をさせながらも、その浪費で家族を喜ばせた。母は祖父に、恨みと同量の愛情も持っていたのだ。

でも、歳をとるごとに、母の中で「生活の苦労を背負わされた自分」像が大きくなっていった。多分、そのほうが気持ちの据わりがよかったのだろう。

祖父は八十三歳で脳卒中に倒れ、一週間の昏睡を経て息を引き取った。初七日をすませて広島に帰ってきた母は「京子、苦労かけてすまなかったと、一言言ってほしかった」と泣いた。祖父が好きだったわたしは、その言葉に鼻白《はなじろ》んだ。

わたしはそれまで、当の母の思い出話から、祖父が十分に母を可愛がっていたことを知っていた。十三歳で働き出したことも、学校に行くより、自分にできることをして稼ぐほうが性に合っている母は、生き生きしていたに違いないと思っていた。

それなのに、死にゆく祖父に求めたのが自分への謝罪と感謝の言葉だなんて、お母さん、間違ってるよ。おじいちゃん、可哀想に——。

そう思って、純粋に父親の死を嘆かない母を軽蔑した。

若くて、母に批判的だったわたしは、わかっていなかったのだ。

祖父は母を溺愛していたが、明治生まれの男だ。面と向かって娘に言う優しい言葉を持っていなかった。しかし、母は祖父に言葉でねぎらってほしかった。ほめられたかったのだ。

母は、ファザコンなのだった。

七十八歳で、寝たきりとなったベッドの上で、鼻歌を歌いながらバタバタ手足を動かして踊りの真似事をしたのは一度死にかけた老婆ではなかった。

怠け者の父親にブーブー言いながらも、『第七天国』など洋画のメロドラマにぽーっとなったり、思いがけないスターの素顔を得意げに友達にしゃべったり、一日一日を飛び跳ねるように生きていた陽気な下町娘が、そのまま蘇《よみがえ》ったのだ。

母は美男が好きだった（女は誰でもそうですがね）。ロバート・テイラー、タイロン・パワー、大川橋蔵。これらの名前を、子供の頃、何度聞かされただろう。

ことにヴィヴィアン・リーとロバート・テイラー共演の名画『哀愁』は母のベストワン。広島に来てから見たようだが、大変なハマりようだった。

何がきっかけか忘れたが、とにかく、小学生のわたしに『哀愁』のストーリーを話し始めた母は、止まらなくなって、ついにファーストシーンからラストシーンまで、ときにはヴィヴィアン・リーになりきって仕草を再現しながら、事細かに語りきった。

ウォータールー橋の上で出会い、一目で恋に落ちた兵士と踊り子。舞台を見に来た彼に気付き、踊り終わってお辞儀をする、その顔をちょっとあげて嬉しさのあまり、ニヤついてしまう彼女。彼が戦場に行くことになり、最後の夜、『蛍の光』の演奏に合わせて踊る二人。

ダンスフロアの蠟燭《ろうそく》が一本一本消されていき、シルエットとなった二人のキスシーン。

無事に帰ってきたら結婚しようと誓い合ったのに、彼が戦死したという知らせ。絶望した彼女は生きるため、夜の女になる。今日も今日とて、駅に客を拾いに来たら、なんと死んだはずの彼の姿が。戦死は誤報だったのだ。

彼は変わらぬ愛を誓ってくれたが、汚れた身を恥じる彼女はトラックの前に身を投げて自殺する。

一人残された彼は、思い出のウォータールー橋で、愛の形見のビリケン人形を握りしめ、還らぬ恋人に思いを馳せるのだった……。

後に、テレビ放映されたものを見たところ、母の仕方話はほぼ間違いなかった。

思い出し語りをする母の表情は、映画に見ほれたときの興奮をそっくり再現していた。こんな風に、三人の娘の母になった京ちゃんは三十代になっても、屈託のない乙女心をしょっちゅうのぞかせたものだ。苦労もしたが、明るい娘だった。それが母の本質だったからだ。

それなのに、楽しかったことはすっかり忘れている。

わたしは今、寝たきりの母に「国際劇場で働いていた頃のこと、懐かしくない？」と、何度も訊いてみる。

劇場好きのわたしからすれば、羨《うらや》ましいくらいの職場だ。小さい頃は、思い出話もよくしてくれたのに。

だが、母は何も思い出さないし、懐かしいとも思わないと言う。わたしにはそれが残念でならない。

京ちゃんは不幸ではなかった。わたしは母に、それを認めてもらいたい。死ぬ前に、一度だけでも。

3

病院のベッドで京ちゃんが活躍したのは、一週間ほどだった。

回り舞台が回るように、ある朝起きたら、母は広島弁のおばさんになっていた。

その頃、近所のおばさんが見舞いに来てくれた。我が家の向かいの住人で、母よりは年上。山梨から越してきたばかりで広島弁がわからず、誰一人知り合いがいない環境で心細かった母を気遣ってくれたそうだ。

母はおばさんの顔をみとめた途端、泣きながら手を差し伸べた。

「お姉さんみたいに、よくしてくれた。嬉しかった」と、まるで最期のお別れのようだ。おばさんも母の手を握って、「わたしより若いのに、可哀想に」と涙にくれた。もう長くないと思ったに違いない。

そのおばさんから情報が流れたらしく、ご近所さんが順番に見舞いに訪れた。母はばりばりの広島弁で、涙ながらの挨拶を繰り返した。

我が家は昔ながらの商店街にあり、ご近所さんはみんな、夫婦で接客する小売業ばかりだ。女房たちは同じ立場の者同士、何かというと寄り集まって、近所付き合いに怠りなかった。

小さい店で接客をする主婦はみんなそうだが、長々とおしゃべりをすることで客と親しくなり、商売につなげる努力をするもので、母も店に出るときは自動的に笑顔になった。お客さんの相手をする母の広島弁の受け答えと大きな笑い声は、狭い家のどこにいても聞こえた。その、ことさら明るい外面《そとづら》は、近所付き合いにおいても、ほぼ本能的に発動した。

つまり、勝ち気な京ちゃんの次に現れたのは、言葉を尽くして自分を卑下し、相手を持ち上げる、二十代後半から四十代までの母なのだった。


趣味のない母の交友関係は近所付き合いに限られており、子供たちに手がかからなくなり、かつ元気一杯の五十代から六十代には、婦人会でも一番年かさのおばさんの家に気の合う者同士集まっては、おやつを食べながらカラオケに興じるのがもっぱらだった。誰が言い出したものやら、グループには乙女会という名前がついていたそうだ。

その頃は東京に出ていたわたしが電話で様子を訊くと、「この頃、お父さんが優しいし、友達と遊ぶのも楽しいし、わたしは今が一番幸せよ」と明るい声で言った。

でも、それは本音ではなかったようだ。

母が死にそうになったとき、生命保険会社の名前入り家計簿に綴られた日記を読んだ。『今日は商売があった。少しだけだが、ゼロよりまし』『今日は商売ゼロ。先行きが不安でたまらない。お父さんと喧嘩。お父さんは、わたしの気持ちを全然わかってくれない』こんなことばかりだ。

三十過ぎまで自宅娘だったわたしは、毎日のように父への怒り及び、嫁にも行かず何がしたいのかはっきりしないわたしへの不満を聞かされ続けることに辟易《へきえき》していた。だから、「今が一番幸せ」という言葉を聞いて、あの愚痴生産機みたいだったお母さんがようやくそんな心境になれたか、よかったよかったと、単純に喜んでいたのだった。

だが、実際はそうでもなかったらしい。

子供に気遣われれば、心配をかけまいとして「大丈夫。元気だよ」と強がるのが親心というものだろう。母の「幸せ」宣言もそこに由来したには違いないが、同時に、母は自分にそう言い聞かせていたのだと思う。

商売は小さくて、その日暮らしが精一杯ではあるが、明日食べる米の心配をするほど窮乏してはいない。家族はみんな元気で、子供たちは揃って自活している。これで文句を言ったら、バチが当たる。

頭では、わかっている。

だが、意欲的に生きたい母は、現状維持では気がすまないのだ。子供たちがいるときは、その成長に手を貸すことで「前進している」実感が得られた。でも、結婚やら仕事やらで、みんな手を離れた。

母は「店をきれいにする」という目標を見つけた。しかし、それには父の同意が必要だ。ところが、父は出銭を抑えて現状維持を図るのが金科玉条の人だ。加えて、大正生まれの男だから、妻の差し出口に屈するなど、もってのほか。

店の改装を持ちかけると、父は不機嫌になる。「しつこい」と怒鳴ることもある。やはり大正生まれで、親と亭主には従うものだと刷り込まれている母は、口惜しさを嚙みしめて我慢するしかない。

カタツムリのように小さな店で安んじるだけの父をほったらかしておばさん仲間と遊ぶのは、母の気晴らしであり、友達のいない父への当てつけだったのだろう。

だが、友達付き合いも楽しいばかりではなかった。

周辺がみんな同じレベルのうちは、よかった。だが、その日暮らしの職人と違って、商売人は上を目指すものだ。マンション建築がブームになった昭和五十年代、ご近所は続々とビルに建て替えた。母以外のおばさんたちもビルの大家になっていた。母はそれを羨ましがると同時に、妬《ねた》んでいた。

一緒にいるときは明るく笑っていても、木造二階建て、それも戦後の急ごしらえ、ケチん坊の父のおかげで、五右衛門風呂からガス風呂に替えたのは近所中で一番遅かった（その経費も母が捻出した）という、みすぼらしい家が惨めでたまらず、母は金持ちの「友達」への劣等感に苛《さいな》まれた。日記には、「あの人たちと、わたしは違う」という記述がある。実家に帰って顔を合わせたわたしに、「人間はみんな、しょせん、一人よ」とニヒルに呟いたりもした。

おばさんたちには、それぞれに別の悩みがあった。夫が病弱だったり、息子夫婦の不仲に振り回されたり、たちの悪い店子《たなこ》との攻防で神経をすり減らしたり。そんな愚痴が、女同士のおしゃべり会で交わされた。

しかし、母は同情しなかった。「あの人たちは、お金があるもの」と、母は突き放した。「もっとお金があったら」という母の渇望に比べたら、どんな悩みも取るに足りないと母は思っていたのだ。

経済的不安は、母に取り憑《つ》いた病だった。あるいはそれは、宵越しの金を持たないぞろっぺえの祖父が与えたトラウマなのかもしれない。

お金のない祖父のもとを逃れたと思ったら、そこにいたのは低め安定で満足する向上心のない父。「お金の苦労」はなくなったが、「お金の心配」はついてまわった。母の頭を覆う暗雲は晴れることがなかった。


だが、見舞いに来たおばさんと涙ながらに手を取り合ったのは、戦後まもない頃、慣れない商売にいそしんでいた母だ。周囲に溶け込むうち、自然に伝染した広島弁で闊達におしゃべりを繰り広げつつ、人を羨み妬むより、今を生きることに夢中になっていた若々しい母だ。その様子を見て、わたしは、お母さんは今、若い頃からの人生をやり直しているのだと思った。

猥褻な小唄を歌う子供から、浅草で働いていた下町娘。そして、復員してきた父と二人で本格的に一家の主婦としての人生を始めた広島時代。

高熱で一度クラッシュしかけた脳が、散らばったデータを集めて、ページの若い順から綴り直しているみたいだった。付き添うわたしたちは、はからずもタイムトリップして、少女の頃の母や、店と奥（家族の居住空間のことを、うちではそう呼んでいた）を取り仕切っていた頃の母に対面したのだ。

そして、実際の年齢にまで書き直しが整ったら……どうなるんだろう。

お母さんは、死ぬのだろうか。

わたしは、固唾《かたず》を呑んでこの不思議なショーを見続けた。何が起きるかわからない。それが、家族に共通した思いだった。起きることがあまりにも想像を絶していたから、ただ死なずにいる母の毎日に寄り添っているしかなかった。

4

異様なハイテンションで、ほぼ二カ月にわたって人生をたどり直した母は、三カ月目に入ると、急に元気をなくした。うつに陥った七十五歳の時にたどりついてしまったのか。

わたしと次姉が一日交代で付き添ったが、自分の時間がまったく持てないと、さすがに疲れ果ててくる。それで、平日の六時間、付き添いさんを雇うことにした。母はおおむね静かにしていたが、父が死んだから葬式の準備をしなければならないという妄想がときどき顔を出した。それは夢だと落ち着かせてやると、釈然としない顔で口を閉じた。

元気な頃の母は、具合が悪くなるのは父のほうで、自分はいずれ介護をすることになると決め込んでいた。父は、肺に影があるだの、知らないうちに心筋梗塞を起こして心臓が半分使い物にならなくなっているだので、五十代から日常的に薬を飲んでいた。

母は医者嫌いなので、よほどのことがないと病院に行かなかった。実際、七十二歳の時、足首捻挫と脊椎の圧迫骨折で初入院するまで、寝込むこともなかった。母がたまらず病院通いをしたのは、列車がまだ走っているのに降りる用意をしようと立ち上がった拍子によろけてムチ打ち症になったときと、何が原因かわからないが、ぎっくり腰で立ち上がれなくなったときくらいだ。風邪とか腹痛とかの内科的病気は、持ち前の体力で治していた。

自分は怪我をすることはあっても、病気にはならない。そう信じ込む母は、生命保険にも入院特約をつけなかった。

このように健康には妙に自信を持っていたくせに、自分を取り巻く環境への取り越し苦労が第二の天性になっている母は、親戚が妻に介護されているのを見て、たちまち父が寝込んだときの心配に取り憑かれた。

備えあれば憂いなし。やりくりをして、二階の部屋にトイレをつけた。いざというとき、独立した病室にするためだ。本当はミニキッチンを備えたかったが、予算の関係で洗面台だけにした。

それだけでなく、父が死んだときのことも考えていたことを、わたしは母の妄想から知った。

　ベッドで来し方をたどり直した母は、三カ月目にして病人として寝ているしかない自分に行き着いた。そして、うつになる前から母を縛っていた「父の葬式を仕切らねばならない」という強迫観念まで取り戻してしまったのだ。

　お父さんが死んだ。でも、わたしは入院しているから何もできない。

　母が何度も口にした嘆きは、それだった。現実と妄想が混在していたのだ。

　強迫観念は夢にも入り込み、うわごとで弔問客にお茶を出せと指示したり、お父さんが煙になったと口走ったりした。付き添いさんが、父が死んだと泣く母に音を上げて、家にいた父と電話で話をさせたこともあった。

　その妄想も一カ月で終わった。

　混乱を極めた精神は、結局のところ、うつで元気がなかった頃に戻ったが、肉体は着々と修復に向かっていた。

　口からものが食べられるようになり、歩く練習も始めた。尿意や便意の感覚も戻り、介助があれば歩いてトイレに行けるようになった。

　四カ月目は、退院への準備期間になった。父はバスに乗って、毎日見舞いに来た。わたしと次姉は、父に付き添いを任せるときもあった。母が食べきれなかった夕食の残りを、父が食べた。生きている父が目の前にいるからには、妄想も出てきようがない。しかし母は、父が死んでいないことを喜んでいる風でもなかった。母は感情を失っていた。

しかし、うつ状態のときの石のような重苦しさはなかった。

うつ病患者には、暗い感情の重力がある。うつは、感情に取り憑く悪霊だ。抜け殻になった母には、うつの取り付く島がなかったのだ。


それでも、自力で歩ける母の回復ぶりは、看護師さんたちを「感動しました」と言わせるほど驚異的なものだった。

三日三晩の闘いの間「俺より先に逝かないでくれ」と泣いて付き添った父は、その後の二年弱、わたしと一緒に母を介護し、それで満足したようだ。いつものように店を閉め、東の空に頭を下げ、夕食を全部食べて、日記を書き、翌朝出す予定の燃えるゴミのとりまとめをすませ、パジャマや着替えの下着をきちんと用意して、風呂に入った。ゆったりと両腕を風呂の縁にかけ、身体を伸ばして目を閉じた、そのままの姿勢で逝った。

予兆はあった。共に母を介護していた間、父はたびたび夜中に心不全の発作を起こし、ニトロをなめてやり過ごした。店にいるときはニコニコしていたが、仕事を終えて部屋に落ち着くと、よく頭を抱えてじっとしていた。

どうしたのか訊くと「具合が悪い」と言う。どこがどう悪いのか、わからない。全体的に重苦しいと。

忍び寄るものの気配を、父は感じていたのだろう。というより、耐用年数の切れた肉体は持ち運びするだけで息の切れる大仕事なのだということが、傍目《はため》にもわかった。それが老いというものなのだ。

わたしは毎朝起きるたび、今日こそ死んでいる父を見るのではないかと身構えた。炬燵《こたつ》で昼寝する父に顔を近づけて、息をしているか確かめずにはいられなかった。

それほど覚悟していても、いざ、手足をチアノーゼ状態にして固まっている父を見たときは泡を食った。そのとき、母は二階の介護部屋（皮肉なことに、父のための誂《あつら》えを自分で使うことになった）にいたが、救急車が来るまで無意識に「お父さん」と呼び続けるわたしの背後にいつの間にか忍び寄り、妙に醒めた声で「もう、ダメでしょう」と言った。

病院から戻ってきた父の遺体を見ても、涙ひとつこぼさなかった。通夜にも葬式にも出なかった。体力的に、長時間の儀式に耐えられないからだ。

生きているときはあれほど何度も父が死んだと思い込んだのに、本当に死んでしまったあと、ずっと母は「死んだような気がしない」と言い続けた。親戚や知り合いがお悔やみに来るたび「死んだと思えないのよ」と、もどかしそうに答えた。

自分で仕切らない限り、人生は母にとって実体のあるものにはならないらしかった。

一周忌には母も墓参りに行ったが、何の感慨もないようだった。ただ、早く帰りたがった。

5

二〇〇七年、八月。母は八十三になった。でも、まだ生きている。

病院で寝たきりだが、それは頑張ることにつくづく疲れた母が「もう、動きたくない」と希望したからで、どこかが麻痺しているわけではない。母は横になったまま、自分にとって居心地のいい姿勢をとるため、身じろぎすることができる。それは頭は天井に向けて、首から下を左にひねり、両膝を揃えて曲げて、くの字を作るという奇妙な形だが、こんなことを可能にする身体の柔らかさが、硬直による床ずれから母を守っているようだ。

考えたり感じたりする能力も衰退しているが、認知症の症状はなく、普通に会話を交わせる。

家で寝たり起きたりしていた頃は、利尿剤を増やしても足枕をしてもとれなかった膝から下のむくみが、入院して安定した室温のもと、鼻につけた管から常に酸素を送り込まれるようになってからはきれいに消えた。

動こうと思えば動けるのに、頑張るのをやめた母は、食べるのも人任せだ。「あーん」と口を開けて入れてもらい、ゆっくり咀嚼《そしゃく》して、飲み込む。

上の歯はほとんどないが、奥歯が残っている。下の歯は健在だ。すごい乱杭歯《らんぐいば》なのだが、完全に寝たきりになるまでは上下とも差し歯ひとつなく、看護師を驚かせた。なくなった歯も抜けたのではなく、歯根を残して折れたようだ。

てんでんばらばらに並んでいながら、見えるところだけ折れて、根っこはガッチリ顎《あご》の骨にくっついている。母の歯のありようは、相反する感情に振り回され、気の病で胃痛や頭痛に悩まされていたくせに、人生からおりて思い悩むのをやめた途端、芯の丈夫さを発揮してなかなか死なない本体そのままだ。

今の病院に落ち着くまで、母は別の病院にいた。

やる気のない病院ってあるんですよ、みなさん。

年寄りの患者ばかり診ていると、ある種、虚しくなるらしい。母が死にそうになった病院の副院長だという中年女医は、「こんなにどんどん状態が悪くなっている年寄りは、現状維持させるのも無理な話。病院に何か期待されても困る」と、迷惑そうに言った。

「入院するなとは言いませんが、三カ月が限度ですからね」

怒りのあまり、わたしはゲロを吐きそうになった。吐いてやればよかったが、踏みとどまった。その時点で、他に受け入れてくれそうな病院がなかったのだ。評判のいい老人病院はどこも満室だった。

トップがそんな考えだと、スタッフも当然意識が低い。介護士は揃っておざなりで、母が食べ終わるまで付き添ってくれる人はいなかった。わたしと次姉が交代で夕食だけは介助に行ったが、「もう、いらない」と言われるとあきらめてしまう。そうしているうちに、母は栄養不良と脱水症状で、またまた死にそうになった。

そこで救急車を呼んで、最初の危篤状態から救い出してくれた循環器専門医のいる大病院に戻り、手厚い看護を受けたら、ころりと好転した。

お母さんて、いい病院と悪い病院を見分けるガイドみたいね——と、わたしたちは話し合った。

かの劣悪病院は、救命救急病院における母の担当医に紹介されたところだった。紹介して、転院させた途端に悪化して戻ってきたことで責任を感じた担当医のおかげで、ちゃんと診てくれる現在の病院に移してもらったのだった。

母は生命力だけでなく、運も強い。

そのことに感謝すべきなのに、母は「すっと死なせてくれない」と文句を言った。

自分の現状に、絶対満足しない。それが母の、もっとも母らしいところだ。「三つ子の魂百まで」という。ひょっとして母は、この文句言いの三つ子の魂パワーで、百まで生きるのかしら？

ともあれ二〇〇七年現在の母は、食べ終えるまで介助してもらって、三度の食事をちゃんととっている。母と共に老いた内臓は、ぜえぜえ息をきらせつつ、仕事をこなす。だから、食べるだけでも、どっと疲れるらしい。

ここ五年の年中行事だった長期入院中、動きのよさでほめられた腸もそろそろ油が切れてきたようで、やっこらせと溜めた老廃物は浣腸でようやく外に引きずり出される。

ひび割れた幹に菰《こも》巻きをしてもらう老木のように手厚く保護されて、母はゆっくり、ゆっくり、枯れきって倒れる時を待っているのだ。

やれやれ。

「お母さん、病院で、たったひとりで寝たきりで過ごすの、嫌じゃないの」

「こうしていれば、それでいいんなら、そのほうがいい」

「家に帰りたくないの」

「そりゃあ、帰りたいよ」

「それなら、車椅子に乗る練習しなきゃ」

「それは、嫌」
「じゃ、ずっと病院にいることになるよ」
「うん。仕方ないね」

家に帰りたいからと、歩く練習に熱心な人もいる。だが母は、苦しい思いはしたくないのだ。車椅子に乗ったり、車に乗ったりすると、極度の緊張を強《し》いられる。
母は、転げ落ちるという強迫観念にとらわれていて、ベッドで寝ているときも、片手でしっかりとサイドバーを握っている。車椅子に乗せると、かたく唇を結び、両手の関節が白くなるほど力を入れて、肘かけをつかむ。お風呂に入るため、ベッドからストレッチャーに移してもらうときも、全身をカチカチに硬直させる。そのたびに息を詰めるので、心臓に負担がかかる。

どんなに「力を抜いて」「リラックスして」と言われても、ダメだ。母は「リラックスする」というのが、どういうことかわからない。

力を込めること以外の生き方を、母は知らないのだ。

それにしても、あのジェットコースターのようだった錯乱の時期は、一体、なんだったのだろう。

危篤から戻ってきたとはいえ、心臓に問題があり、中心静脈栄養と尿道カテーテルで生命をつないでいる母に睡眠薬や精神安定剤を投与したら、昏睡に陥るリスクが高い。そのため、興奮状態を鎮めるなど、脳に作用する薬は一切与えられなかった。つまり、母が見せた奇妙な異変は、すべて自前の脳内作用だった。そして、わたしたちは「元気な京ちゃんが心配性の主婦になるまで」を見せられた。だが、その不思議さに思いを致す余裕が、まだ、ない。母が生きているからだ。

現在の、とろとろと眠ってばかりで、活発で可愛かった京ちゃんの面影がかけらもないばあさんに存在感がありすぎる。


まだ錯乱ハイテンション中の母に「八十三歳」予言のことを確かめたら、母はこう答えた。

「わたしが、そんなこと言ったの？」

「言ったよ」

「なら、言ったんだろうね」

「どうして、八十三って言ったんだろう」

「わからないけど、そのくらいかなと思ったんじゃないの」

「おじいちゃんが死んだ歳だから？」

母は、明るく答えた。

「かもしれないし、なんとなく、きりのいい数字じゃない？」

神様からのメッセージかと思ったのに、単なる思いつきだったのか？

それでも、わたしは「八十三歳寿命説」に固執した。

そして、二〇〇七年、母の誕生月の八月を迎え、八十三歳へのカウントダウンが始まった頃、見舞いに行くたび、母に確かめた。

「死にそうな感じ、しない？」

すると母は「わたしはもう娘の言いなりで、死ぬ時期まで決められた」と、薄笑いした。

ヒヤッとした。

母は、思いやりのないわたしに皮肉をぶつけたのだ。こんなことを言うのは、勝ち気な京ちゃんだ。抜け殻の中に、最後に残っているのは京ちゃんなのか。

父は死ぬ前、少年時代を懐かしんでばかりいた。子供に戻ったとき人生の輪が閉じて、人は大団円の死を迎えるのだと、わたしは父を見送って思った。

お母さん、京ちゃんに戻ってる？

やっぱり、いよいよか？

ところが、誕生日を過ぎて八十三歳になっても何も起こらなかった。だが、八十四歳になるまでは八十三なのだから、あの予言の真偽はまだ不明だ。

年末が近くなり、八十三歳の三分の一がすんだところで、わたしは訊いてみた。

「お母さん、何か、昔のこと思い出す？」

「うーん」

母はかすかに唇をとがらせてうなり、かすかに笑った。

「わたしは思い出って、ないねえ」

「浅草で働いてた頃のこと、思い出したりしない？」

「あんな昔のこと」

母はあっさり、吐き捨てた。

あらあら。京ちゃんが戻ってきたと思ったのは、わたしの情緒的勘違いだったのか。

病院で寝たきりでいることが、つらくも寂しくもないそうだ。こうして、うとうとしているうちに、気がついたら終わっていた。そんな風に逝きたい。それが望みだ。一日も早くと思うのだが、こればっかりはどうにもしようがないから、長くなるかもしれない。だから――。

「お金がかかって、あんたには悪いけど、そうさせてくれる？」と、母は言う。

現状に満足できず、常に「このままでは嫌だ」という焦燥感に苦しんできた母。老人病院に落ち着いてからも「すっと死なせてくれない」と神様を責めていた母が、ついに運を天に任せる気になった。

円を閉じるように終わった父と違って、母の軌道は鉄砲玉のようにひたすら前に進むのみだ。

あきらめるとは明るみに向かうことだと、何かで読んだ。前しか見ない母の背後で、過去は光に溶けて薄れゆくばかりなのか。

前しか見ていないのに、心に巣くう心配性が悪い予想をしつこく吹き込む。楽観を知らない母には、絶え間ない先行き不安が道連れだった。

しかし、それも終わった。気に病むエネルギーがなくなったからだ。悲しみや苦しみを感じるのも劣等感に苛まれるのも、心に力がある証拠だと、わたしは母を見て学んだ。

うつ病にかかり、心臓を壊して、一人では何もできなくなり、うつむいて情けなさを噛み殺していた母は、ずっとわたしの重荷だった。でも今、うとうとしながら、いつ来るかわからない死を待つ母の顔はどこか呑気《のんき》で、わたしもずいぶん気楽になった。

それでも、「じゃあね」と病室を出ようとして「帰っちゃうの」と言われるときは、つらい。そんなときは、母を連れて転々とした病院や老健施設で見たたくさんの、同じようにお迎えを待つ年寄りを思い浮かべる。お母さんだけが寂しいんじゃない。それが長生きした者がたどる道なんだから、わたしもいずれそうなるんだから、お互い、あきらめないと、と心の中で言う。

お母さん、あきらめて。もっと、もっと、あきらめて、明るいほうに近づいて。だって、人生は十分、お母さんの頑張りに報いているはずだもの。することがなくなって、お母さんは抜け殻になった。お迎えを喜べるように、することのない寂しい晩年を用意してもらった。お母さんはやっぱり、幸せ者だと思う。

で、わたしは母に面と向かって言う。

「おじいちゃんもおばあちゃんもお父さんも、誰も迎えに来そうにない？」

「うん」

母は残念そうに顔をしかめる。

「毎日、頼んでるんだけど」

「思い通りにいかないねえ」

「ほんとにねえ」

母とわたしは目を合わせて、笑う。愚痴りつつトボける母に、わたしはやはり、自分を憐れむことなく、できることをしていた頃の京ちゃんを見る。

わたしは母と違って、懐かしむのが好きだ。思い出すのが好きだ。だから、母の過去を、母に成り代わって懐かしみ、思い出す。ことに、わたしのお気に入りの京ちゃんのことを。

しかし、わたしにとっての母の思い出が、今はない。

母が生きているから。

思い出は、何かをなくしたあとで立ち上がるのだ。種から芽生える花のように。

母はまだ、生きている。やがて溢れる思い出が、ドクドク脈打つ種として。

第二話

すれ違う二人

1

さて、八十三歳で死ぬ、もしくは八十三歳まで生きるという母の予言は、一体どうなるのか。

二〇〇七年八月二十三日、母は八十三歳になった。何事もなかった。年が暮れ、二〇〇八年に入っても変化なし。

酸素チューブと利尿剤、血栓《けっせん》を作らないよう血液を固まりにくくする薬等々で、半分がた本体より先にオダブツになった腎臓と心臓をカバーし、ミキサー食を食べ、寝たきりで、ただ生きることだけに体力を使っている。

うとうとするばかりで、脳にはもはや余計な心配事を持て余す力もないようだ。取り越し苦労でストレスだらけだった母は、ある意味、今、人生で一番穏やかな日々を過ごしているのかもしれない。

二カ月おきに入院、転院、在宅、また入院を繰り返したあげくに、やる気のない老人病院の院長に「いつ死んでもおかしくない状態なんだから、どうせなら家にいれば」と言われ、戻ったらあっという間に死にそうになって、どうせ死ぬならよくしてくれた馴染みの総合病院でと救急車で担ぎ込んだら、そこの手厚い看護を受けて、またしても危篤脱出というジェットコースター並みの二〇〇五年から二〇〇六年の前半に比べたら、その後の日々はメリーゴーラウンドに乗っているようなのどかさだった。

母は、なかなか死なない。わたしはそのことに慣れた。

次姉と交代で見舞いに行くスケジュールもパターン化し、次姉は月・水、わたしは金・日と週に二日をノルマにしたら、けっこうまとまった自由時間を持てるようになった。

てことは、一週間くらい留守にしても、平気よね。

毎日何かが起きて、気が休まる暇のなかった一年半を乗り切ったのを見て、神様が「よし、よくやった。あっぱれな働きである。ほうびをとらそう」とばかり、休暇をくれたんだ。わーい、海外、行っちゃおう。

二〇〇六年後半から二〇〇七年にかけて、わたしは出かけましたよ。ボストン。パリ。ロンドン。ハンブルク。ソウル。また、ハンブルク。

　戻ってきたら、母の見舞いに行く。果汁ゼリーを食べさせ、少し話をして、一時間ほどで病室を出る。やれやれ。

　そんな穏やかな毎日ではあったが、奇妙なアップダウンの波はあった。


　口を開けば「苦しい」「早く、断ち切ってほしい」と弱音を吐くばかりの老衰ばあさんが、寝たきりになって以来の母のスタンダードだったが、時折、何の前触れもなく、朝起きたときから異様なハイテンションで機嫌よくしゃべる、鞄屋の京子さんが現れる。

　それはまるで、閉店前の在庫一掃セールを思わせた。

　誰かが母の生命力倉庫を持ち上げて、あとどのくらいエネルギーが残っているか、チェックしているみたいだ。

　揺さぶると、倉庫の隅に埃《ほこり》みたいにこびりついていたエネルギーが、どっと集まってくる。

　そんな風に、母はいきなり、元気一杯になるのだ。

　しゃべる内容は、看護師や介護士やわたしたちの問いかけへの的確な答えと、他愛ない世間話のように聞こえる、つじつまの合わないうわごとが半々だ。

　バカ陽気な母の世界では、子供のいない次姉が妊娠しており、長姉は離婚、孫が何人もいて、その中には男の子もいた（実際は、女の子一人だけなのに）。知り合いの誰かが死んで、葬式に立派な黒塗りのタクシーがずらりと並んだ光景も見たそうだ。

母はもう長いこと、現実の生活をしていない。だから、夢とうつつがごちゃ混ぜになるのが当然だ。と、頭ではわかるが、そこは日常の範囲内で生きている凡人の哀しさで、つい、うわごとをいちいち訂正する。

でも、母にとっては、母の世界の出来事のほうがリアルなのだ。いくら訂正しても、上書きは不可能。そのうち、わたしたちは調子を合わせられるようになった。

内容は現実とずれっぱなしでも、明るい母と会話するのは危篤後ハイテンション時をのぞけば、実に十年ぶりだ。ずれっぷりも、面白い。

しかし、ハイテンションは脳を疲れさせる（健康な人でも、同じことですよ）。

在庫一掃のあとは決まって、昼も夜もなく爆睡した。

爆睡がそのまま昏睡になだれこむ危険性はおおいにあり、病院もわたしたちも固唾を呑んでなりゆきを見守るのだが、大働きした時間の五割増しのお休みを経て、母の脳は覚醒した。

だが、在庫一掃セール期間のことは何も覚えていない。爆睡中、どんな夢を見たかも、わからない。そして、生きているのがやっとの老衰ばあさんに戻るのだった。

二〇〇八年の一月、母はその在庫一掃セールをまた、やった。そのあとのお休み期間が、前より長くなった。衰弱が着実に進んでるんだろうねと、わたしと次姉は話し合った。でも、衰弱のテンポはミミズが這《は》うようにゆっくりだと信じていた。

二月下旬、病院に向かう電車の中で携帯が鳴った。母の担当である院長先生からだ。先程、けいれんを起こして一時呼吸が止まったという。

スーッと心臓のあたりが冷たくなった。

衰弱が進んでいると承知しているのに、油断していたところを狙いすましてアタックされ、引き倒されて、ぼーっとなった。

処置をして、呼吸は回復したが、右半身に麻痺が見られるので脳梗塞の可能性があるという。

以前いた総合病院の隣室のおばさんが、やはり入院中に梗塞を起こしてストレッチャーで運ばれていったときの光景を思い出した。処置をされて戻ってきたが、二日後、隣室は空き部屋になっていた。多分、亡くなったのだろう。

「よくなることのない年寄りを診る医者に、何か期待されても困る」と言い放って、わたしに吐き気を催させた老人病院の女医の夫はそこの院長だった。彼は、母の心臓は血栓だらけだから、どこかの血管を詰まらせて死ぬのは時間の問題だと言った（似た者夫婦である）。

あれから二年経っている。

二年という長さも「時間の問題」の範囲内なのかしら。

あのクソッタレ夫婦の言い草はどっちでもいいが（でも、一生言うぞ）、母の八十三歳寿命説が久しぶりにググッとクローズアップされてきた。

このところ元気だったから、つい、気を抜いて、すっかり忘れていた。

まったく、神様ったら、絶対、隙《すき》をついてくるんだから。

2

死んだら魂がどうたらこうたらいうオカルト話を嫌う人もいるが、わたしはけっこう好きだ。死を楽に受け入れるための作り話だとしても、作り話のおかげで生き抜いてきたわたしは、断然、支持するね。

だから、二十世紀末に広まったニューエイジや、立花隆がきっかけになって流行った『臨死体験』ものにもハマった。

高次宇宙意識（だったかしら？）からの声を聞くというチャネリングやリーディングは今ひとつピンと来なかったが、臨死体験による死の風景は、信じてますよ。

それによると、身体を脱け出した魂は寝ている本人の頭上に浮かぶのだそうだ。そして、息絶えた自分の顔やそばにいる人たちを見下ろすという。

この話を知ったときから、父や母は病院で看取ることになるだろうから、そのときはこっそり頭上を見て手を振ろうと目論んでいた。

ところが、父は風呂につかったまま、死んだ。見つけたときは手足にチアノーゼが始まっていたが、なにしろ不意打ちだから泡を食ったわたしは、１１９の担当者が指示する心臓マッサージのやり方がまったくわからなくて、あせりまくった。

そのあと、病院で医師から死亡宣告を聞いたときは、口に人工呼吸器のパイプを突っ込まれ、薄く目を開けた父の死に顔を茫然と見つめるだけで、頭上に浮かぶ魂のことを思い出す余裕もなかった。

あのとき父は、そこにいたわたしと次姉を見下ろしていたのかな。

病室に駆けつけたときには、母はほぼ危機を脱していた。点滴の針が太股に刺し込まれている。

「ＣＴで検査したところ、梗塞はありませんでしたが、もう少し様子を見ましょう」と院長が言う鼻先で、母は目を閉じたまま、右手を持ち上げて鼻の脇あたりをかこうとし、右足を膝から曲げた。麻痺していたという側だ。

朝から食事をとってない。栄養点滴は心臓に負担をかけるので、二袋以上はやりたくない。このまま意識が戻らず、口から食べられない場合はどうするかの話が出た。

食べられなくなったら、最後だ。

次姉が飼い猫の例を引いて、よく言っていた。十二年生きた老猫は晩年、歩く途中でよろけるほど弱っても食欲だけはあった。しかし、やがて、まったく食べなくなり、うんちもおしっこも出なくなった。水をやっても飲めずにこぼしてしまう。終末期の五日間ほどは、姉夫婦は外出も控えて、猫のそばにいた。最期にひとつ、大きく息を吐いたそうだ。

息を吐ききって死ぬというのは、聞いたことがある。人間も動物も、それは変わらないらしい。その最期の息と共に、魂が身体から脱け出るとも。そして、頭上に漂うのだ。

もう、出てるのかしら。わたしはそっと、天井を見上げた。

しかし、その目の下で母は、右手と右足を盛んに動かしている。血圧と酸素飽和度も落ち着いた数値を示し、看護師の呼びかけにうっすら目を開けた。

まだ、魂はこっちにいるらしい。

院長先生は心なしか間が悪そうにまばたきしながら、「昼間でよかった。人手の少ない夜間にあの発作が起きていたら、そのままになっていたかもしれません」と言った。

「母は運が強いですねえ」

わたしは思わず、迎合の姿勢になった。

介護士さんがおむつを替えに来た。おむつはぐっしょり濡れている。利尿剤が効いたのだ。薬に反応するというのは、まだ生体機能の力がある証拠ではないか。

「どうやら一過性のものだったようですから、今すぐ、どうということはないでしょうが」

院長はもじもじと、視線を泳がせた。

「もともと、何が起きても不思議はない状態ではあるんです」

「そうですね。承知しております」

二年前に「時間の問題だ」と言われてますもの。

軽く頭を下げて、院長は部屋を出た。緊急メールを送った次姉と、東京にいる長姉が「行ったほうがいいか。医者はどう言っている」と、何度もメールをよこす。

母はと見ると、歯を食いしばっている。

母はひどい乱杭歯なので、歯と歯の隙間によく食べ物が詰まる。神経質な人で、よく爪楊枝でほじくっていた。母がうつになって家事をしなくなったとき、仕方なく、わたしが代わりに食事を作ったり、洗い物をした。そのときに、母のエプロンをつける。すると、そのポケットには必ず、輪ゴムとティッシュにくるんだ爪楊枝が入っていた。昔人間の母は、爪楊枝を使い回していたのだ。

そんなひどい扱いをしていたわりに虫歯は少なく、寝たきりになってから往診に来てもらった歯科医が、入れ歯がないことに感心していた。

その丈夫な歯が、この一年のうちにポロリポロリと折れていった。

抜けるのではなく、折れるのだ。だから、歯根は歯茎の中に残っていた。上の歯は、ほとんど全滅。下は真ん中の二本がないだけで、両脇の乱杭歯がことのほか、しぶとい。その残った歯を食いしばり、母はまたしても何ものかと闘っている。

また、勝ちそうだな。

電車の中で緊急連絡を聞いたときは心臓が凍りついたのに、生命力の執念を見て、うんざりした。

介護を受けながら長生きする年寄りを抱えると、裏腹な感情に翻弄される。そして、お腹がすく。

どういうわけか、歯を食いしばって生き残る母を見ているうちに、猛烈にお腹がすいてきたのだ。

姉たちは、安定の報告を聞いてほっとしたようだ。とくに地元にいて、わたしと共同で介護をしてきた次姉は「また、持ち直すだろう」とクールだ。

そして、その通り、母は運ばれてきた夕食にかぶりついた。

唖然《あぜん》とした。つい、三時間前に死にそうになった人ですよ。

三口ほどガツガツと食べ、「もう、いらない」とか細い声で言う。食べる量としては少ないが、最初の勢いに圧倒されたわたしは、母の復活を確信した。そして、安心と拍子抜けの微妙な苦笑いをお腹に納めて、病室を引き上げた。

母は満腹したが、わたしの空腹は腹痛に変わりかけていた。早く、何か、食べたい。病院がある町は小さく、駅には飲み物の自動販売機しかない。じっと我慢の二十分を過ごし、ようやくたどりついた広島駅で、わたしはチョコレートを買い、歩きながら食べた。そうしながら、母の葬儀のプランを立てた。


このときまでのわたしは、八十三歳寿命予言を真に受ける一方で、母の通夜は四カ月先の七月に完成予定の新居ですることになるだろうと、呑気に構えていた。今の仮住まいは狭くて、家族だけの小さな通夜にしても、遺体や祭壇の置き場に困る。だから、お母さん、時期を選んで死んでね。心の底で、そう念じていたのだ。

でも、そんな勝手は許されない。自分に都合のいいことを望むと、神様が必ず、ゴツンと罰を与えに来る。

わたしはチョコレートをもぐもぐやりながら、通夜のレイアウトを考えた。

考えてみれば、父の通夜は古い家の六畳の部屋でやったのだ。葬儀屋はあっという間にテレビや家具に白い布をかけまわし、いつの間にか押入れから布団を出して父の遺体を横たえ、その前に仮祭壇を置いたのだった。

マンションのリビングも六畳はある。遺体は北枕だから、ベランダの前あたり。祭壇は、ミニコンポやCDを置いてある南側の壁際に。うん。これでOK。

携帯を開いて、葬儀屋とお寺の番号が登録されているのを確かめ、知らせるべき人を頭の中でリストアップする。そして、もちろん、喪主挨拶のシミュレーションだ。

母が危篤になるたび、わたしがまず考えたのが挨拶の言葉だった。業者が差し出す例文なんか、使えない。いやしくも、小説家だ。オリジナルではない言葉を口にするのは、プライドが許さない、というより、単純に、嫌なのだ。

挨拶の言葉を考える時点で、母はもう死者扱いだ。気分はすっかり、お葬式。わたしの下心は、聴衆にウケたいと願う。父のときは、ウケた。義兄や父方の従兄が、ほめてくれた。

母の葬式には、母のことをよく知っている人に来てもらう。それは、ご近所さんだ。我が家は商店街の創立メンバーだった。個人商店の集合体のせいか、町内会の集まりは密接で、母は町内会の奥さんたちを「友達」と呼んでいた。例の「乙女会」だ。

誰の発案か知らないが、可愛いものである。乙女会の名を口にするとき、母は照れくさそうに、でも、ちょっと面白そうに唇をすぼめた。

そして、メンバーがおばさんからばあさんになるにつれ、連れ合いが順番に先立った。乙女会は、未亡人クラブになったのだ。

いろんな意味で運命を共有した、ご近所さんたち。

挨拶では、この人たちに感謝しよう。それでもって、ウケよう。そこを、わたしは狙った。母の死を悼むより多く、式を滞りなくすませたわたしを、「よくやった」とほめてほしい。新居で死ぬまで暮らしていく町だ。みなさまに悪く思われたくない。

葬式は、生き残った者のためにある。

こうして、挨拶でウケるところをイメージしてほくそ笑むわたしの心に、次に浮かんだのは現世利益だ。

母が死んだら、もう見舞いに行かなくてもよくなる。医療費の支払いもなくなる。時間的にも経済的にも、ものすごく助かる。

こっちも歳食ってきて、体力の減退をひしひしと感じている。家を建ててしまったので、住宅ローンを払う身になった。母は重荷だ。

しかし、すぐにそんなことを考えた罪悪感が、道徳を説く。

重荷がすっかり取り払われたら、気の張りがなくなるぞ。それは、金では買えないものだぞ。幸運も目減りするぞ――。

実際、母の介護をするようになってから、仕事が順調だ。まるで、背負った重荷に見合うだけの報酬をもらっているみたいだ。

多分、人間は重荷を背負うべきなのだ。でないと、自分自身が重荷に変身してしまう。母の介護と、小説家としての道のりが重なっているから、わたしの中でその思い込みは信条と化している。エッセイや小説の中で、しばしば、その信条をひとくさりブつ。で、原稿料をもらう。

わたしは、母に食わしてもらっているのだ。現に、この話もお金もらって書いてるんだよ。

ありがとう、お母さん。

で、やっぱり、八十三歳で死ぬの？

そうなったら、出来すぎで、まるで作り話。でも、盛り上がるよね。

わたしの喪主挨拶には、当然、八十三歳寿命予言が織り込まれる。白眉《はくび》といってもいい。

これは、絶対ウケる。

お母さん、いつ死ぬの？

どんな風に死ぬの？

自分でも知りたいでしょうね。でも、わからないのよ。スリルとサスペンス。一寸先は、闇。

だから、わたしは、最期の息と共に魂が身体を脱け出して、抜け殻の頭上に浮かぶという説が好き。

いつ、どんな風に死んでも、魂は「あーら、こんなことになってるんだ」と、呑気にみんなを見下ろしている。

臨死体験によると、魂はそのとき、なんともいえず満ち足りて、落ち着いているという。

父が死んだあと、葬式をすませたわたしは、まさに父が最期の息を吐いた風呂に入った。

父と同じ姿勢でゆったり身体を伸ばして、遅ればせながら天井を見上げた。

ほっとした。そして、笑いがこみあげてきた。

この家で死にたいという願い通り、父は一番いい形で息絶えた。

父の魂のご満悦がそこらに残っていると、わたしは感じた。

それは、霊の仕業なんかじゃない。父親の葬式を出した安堵《あんど》感、ただ、それだけだ。オカルト反対派は、そう言うだろう。

でも、わたしは父の魂の満足を感じたと思いたいのだ。ほっといてちょうだい。信じる者は救われる。

天井に浮かんだとき、母の魂もきっと、ほっとするはずだ。わたしが、ほっとするように。

3

ところが、からくも危篤脱出の翌日、病院に行ってみると、母は力一杯怒っていた。

ベテランの介護士さんがやってきて「何か、見えるらしいんです。夜中もずっと起きて、何か言ってます」と囁《ささや》いた。

呼びかけると、わたしを見る目が怖い。黒目の部分が薄い茶色になり、憎悪に燃えている。

わたしは、ぞっとした。

二〇〇二年、最初の危篤から復帰したあと、病院への被害妄想でおかしくなった、あのときと同じ目だ。

「お母さん、怒ってるの？」

おそるおそる訊くと、鼻の穴をふくらませて頷く。

「どうして？　みんな、よくしてくれるじゃないの」

「腹が立つ」

憤然と言う。

怖くなったわたしは、院長を呼び出した。

「気分はどうですか」

院長の問いかけに、母はひと言「納得できない」と吐き捨てた。

ああ、懐かしい。うつと診断されて、精神科のカウンセリングを受けていた二〇〇一年も、母はずっと「納得できない」と言っていた。

どうして、わたしがこんなことになったのか、どうしても納得できないんです——。

歳をとったから仕方ないんですと、三十そこその若い医者は諭《さと》した。

もう、十年前のように動けないんです。だから、それを受け入れて、これからはのんびりしよう、できることをゆっくり楽しもうと、そんな風に考えを切り替えて……。

母は疑わしげに、孫のような医者を上目遣いに見やり、それ以上、何も言わなかった。

薬をいろいろ出されたが、それらの薬は母に幻覚や手の震えをもたらすだけで、考えの切り替えには寄与しなかった。母はずっと、納得できないままだった。

母を納得させたのは、危篤にまで追い込んだ心臓疾患だ。復活してからの母は、悲しげではあるが、うつのときに周囲を胸苦しくさせた暗いエネルギーを発することは、もうなくなった。

心臓の病気なんだから仕方ないと、母はようやく、あきらめたのだ。そう思っていた。でも、そうじゃなかったのか。やっぱり、納得してなかったのか。

五十代から歳をとらない自分。人は老けても、自分は大丈夫。夫のほうが先に倒れる。わたしは介護をすることになる。だけど、下の世話は嫌よ。老衰の夫は二階の隠居部屋に寝かせておいて、わたしが店を仕切る。独身の娘と一緒に暮らす。そして、いつか、家を建て替える。

元気な頃いつも口にしていた、母がイメージする我が老後。そこに固執していたのか。

二〇〇二年の大危篤から生還したと知ったとき、「わたしは業が深いから、すっと逝けないんだ」と、母は言った。いったん抱いた恨みや不満を乗り越えられない自分を、自分でも持て余していたのだろう。

わたしは丸八年、「納得しない」「だから、逝けない」母に振り回されてきた。ようやく一段階、解脱《げだつ》に近づいたと思っていたのに、やっぱり、納得していなかったのか。

この期《ご》に及んで「納得できない」とギリギリ唇を嚙む執念深い母が、わたしには怪物に見えた。

次いで、母はきつく目を閉じ、右手で左手の指をいじいじつまみながら、「字もろくに書けないし」と呟いた。

漢字を知らない。きれいな字が書けない。要するに教養がないというのが、母の根深いコンプレックスだ。それも、出てきた。

母の心の一番底にあったのは、怒りとコンプレックスなのか。最後の最後に、こんなものをさらして、母は死んでいくのか。

いい人生だったと「納得」して、逝ってもらいたい。それがわたしの願いだった。それなのに。

情けなかった。母が憎らしい。こんな母は、見たくない。

この怪物、眠らせて。

わたしは院長に、以前、被害妄想から医者や看護師への反感で一杯になり、身体が硬直したことがあったことを話した。

おそらく寝てないせいだと思うから、眠れるようにしてやってくれないか。

院長は、では、今夜、少しだけ薬を入れてみましょうと言った。そして、あたふたと出ていった。

わたしは悄然《しょうぜん》と椅子に倒れ込み、次姉にメールを打った。誰かに話さないと、落ち着かない。すると、背中を向けて壁のほうを向いた母が「何、言ってんだい！」とべらんめえで毒づいた。

　はっとした。

　あの言葉遣い。京ちゃんだ。京ちゃんが、誰かと喧嘩している。誰かが、京ちゃんを嘲《あざけ》っているのだ。

　でも、お母さん。そこでお母さんに喧嘩を売っているのは、お母さん自身なのよ。教養自慢の兄嫁じゃないのよ。それに気付いて。そうじゃないと、お母さんは天国に行けない。

4

　父は五人きょうだいの末っ子だ。

　姉が三人、兄が一人。姉たちは父（義則《よしのり》）を「よっちゃん」と呼んで可愛がってくれたようだが、父が頼りにしたのは兄だった。祖父は、父が十歳のときに死んでいる。だから、一回り以上も年上の兄は、父には親代わりだったと思われる。

　父は弟体質といおうか、兄、もしくは兄貴分の男たちのあとをついて歩き、彼らの指示に従い、彼らの真似をして生きてきた。

　自分で何かをしようという気は、まったくない。従って、将来への夢もない。だからといって、目の前の現実に果敢に対処しようという気構えもない。

つまりは、なんとなく生きていければ、それでいいという人だった。穏便に大過なく過ごせたら、大満足。善哉善哉。

これは見ようによっては、飄々《ひょうひょう》たる生き方で、父のそんな有様を人に話すと、無駄にロマンチックなインテリ男ほど「いいじゃない。友達になりたいねえ」と評価した。

しかし、父の血液型Bを三人娘でただ一人受け継いだわたしは、断言する。

父の性根《しょうね》は、そんないいもんじゃなかった。

父は想像力のない、小心者だった。自分さえよければ満足で、家族の幸せにまで思いを馳せなかった。

冷たいのではなく、気がつかないのだ。人目を気にしないのはB型の強みだが、それは人の気持ちに頓着しない無神経さとイコールだ。悪気がないから、憎めないんだけどね。

わたしはなにしろ同型人間だから、父の無神経が気にならない。父が何をしていようが、どうでもよかった。

しかし、今日よりは明日、明日よりは明後日《あさって》と着実に前進していたい、頑張り屋で完全主義者のA型の母には、なんとも歯がゆい夫だった。

人をたった四種類の血液型で判別するのはおかしいと言う人もいるが、わたしは血液型判断をかなり信用している。人間には多様性なんて、ない。せいぜい四種類くらいのものだ。下手な小説はキャラクターが「類型的」だとよく批判されるが、生身の人間って、それぞれが自分で思っているよりずっと類型的だと、わたしは思うのよね。

閑話休題。

かくのごとく、父のぼんやりぶりに母は苛立つのだが、父は昔の人間だから妻は夫に従うものと思い込んでいる。母が生活改善の提案、意見、願望を口にすると、ムッとした。それらには、金がかかる。小心者の父は、ケチだ（ついでに言うと、わたしもケチだ。貢げと言われたら百年の恋も醒める）。

父は、母の願いを片っ端から圧殺した。

お父さんはどこにも連れてってくれないと、母はたびたび子供たちに愚痴った。夕食の際、父の面前で文句を言ったこともある。

「東京のお父さんは、浅草の映画館に新しい映画がかかると、みんなを連れてってくれた。帰りには食堂に行って、好きなもの頼めよって。自分はお酒飲みながら、ニコニコして、もっと食えって」

父は怖い顔で、黙々と食べた。たまに母がしつこく言い募ると、口から飯粒を飛ばして「うるさい！」と一喝した。母は黙った。

母は思ったことをお腹にしまっておくことができない人で、雑巾がけなどの単純作業の間、ずーっと愚痴をこぼした。まるで、愚痴で雑巾がけの伴奏をしているみたいだった。あるとき、問屋から来た品物に値付けをしていた父が、御詠歌のように延々と続く母の愚痴にかんしゃくを起こし、母に向かって、そばにあった丸椅子を蹴飛ばしたことがあった。

母の身体には当たらなかった。

父は基本的に暴力と無縁の人で、グズる子供をひっぱたいたことはあるが（わたしは一度だけ、たまたま父が持っていた平たいポーチで叩かれた。力任せに頭のてっぺんに振り下ろしたものだから、痛みより、そのやり方への驚愕《きょうがく》がいつまでも忘れられなかった。同じ叩くにしても、もっと穏やかなやり方があるだろう。なんて人だ。わたしはあの瞬間の父の幼児性を、今でも軽蔑している）、母を殴ったことはなかったと思う。いや、あったかもな。でも、それは普通の夫婦喧嘩の範囲内だ。

しょっちゅう家族に手をあげていた祖父に比べると、ずっとおとなしかっただろう。わたしは、父は男の子らしい取っ組み合いの喧嘩を一度もしたことがない人だと信じている。父は弱虫だ。わたしには、よくわかる。わたしの性格は、父のコピーだから。

ともあれ、母の愚痴攻撃に対する父の仕返しは、当たらないように椅子を蹴飛ばすくらいのものだった。だから、母は懲りなかった。恨みつらみを、面と向かってぶつくさ言った。言えずに溜め込ませた相手は、ただ一人だ。それが、兄嫁だった。

兄嫁、わたしにとっては父方の伯母。従って、この章では「おばちゃん」と称することにする。

このおばちゃんが、怖かった。なにしろ、言葉が違う。

伯父の仕事の関係で戦後からずっと徳山に住んでいたのだが、「なのよ」「だわね」式の山の手言葉を話した。接客と近所付き合いのため、あっという間に広島弁に染まった母とは大違いだ。

言葉が違うというのは、人種が違うことに他ならない。いやはや、考えるだに、母とおばちゃんは正反対だった。

かたや、教師ばかりを輩出する知性と社会性の高いご一族に生まれて、自身も女学校を優秀な成績で卒業。書をたしなみ、茶道華道は師範級。

こなた、十三歳のときから浅草の国際劇場の喫茶店で働き、自分では「家のために犠牲になった」と言っているが、本当は勉強が嫌いだったし、お金を稼げるのが嬉しくて幸せだった（本人は認めないんだけど、絶対、そうだ）大工の娘。

夫同士も兄弟とはいえ、身分が違った。

伯父は日本の高度成長を担った石油販売大手の管理職から、徳山の市会議員に打って出た地方名士。しかも俳号を持ち、俳画もよくする文化人だ。

父は終生、従業員もいなければエアコンもない十二坪の小店《こみせ》のオヤジ。ま、賢兄愚弟の順序だから、父は無邪気に兄貴を尊敬しており、コンプレックスを抱くことはなかった。B型の典型よね。でも、妻は違う。

5

伯父の家に行くと、茶道の心得があるおばちゃんがしずしずとお茶を淹《い》れる。立ち居振る舞いがいちいち、きちんとしているのだ。

厳しく躾けられたことがしのばれるが、子供の頃はそんなこと、わからない。なにしろ、こっちは厳しく躾けられた覚えがないからね。

わたしは本ばかり読んでいてお手伝いなど何もしないうえに生来不器用で、箸の持ち方は自己流だ。姿勢も悪い。だから、食事どきの形は最悪だった。

覚えはないが、おそらく、おばちゃんは面と向かって叱っただろう。それは、母にとって「躾《しつけ》がなってない」母親失格の烙印《らくいん》に等しい。

おばちゃんを前にすると子供たちは全員ビビったが、母の怖がりようはそれ以上だった。ことに、緊張体質の母は、萎縮するせいで必ず何かヘマをした。そして、それを指摘され、しょげかえった。


しかし、父は妻の気持ちに気付かない。広島と徳山は近いから、兄を頼る父は何かというと家族を打ち連れて、徳山に出かけた。そして、床の間の花から料理のひとつひとつまでほめそやし、「ねえさんは何をやらせてもうまいねえ」とかなんとか、兄嫁をヨイショした。

母は自動的に追従《ついしょう》した。

「ほんとにねえ。わたしにはこんなこと、とてもできませんよ。店が忙しいもんだから」

母の言い訳は、ある意味、専業主婦への当てつけだが、無論、母にはそんな戦略的知恵はない。

自己卑下と、それへの言い訳は、常にセットで出現した。

そして、おばちゃんは当然、謙遜する。

「この程度でほめていただくなんて、恥ずかしいわ。こんなの、たいしたことじゃありませんよ」

おばちゃんは、本気でそう言ったのだろう。頭のいいおばちゃんは、求道者でもあった。やるからには、常に高いレベルを求めた。

当然、子供たちにも努力と向上を要求したが、四人の子供すべてが優等生というわけにはいかない。同じように育てても、同じ結果は出ないのだ。

四人のいとこは、二人の優等生と、二人のスレスレ組に分かれた。次姉の記憶によると、おばちゃんのスレスレ組に対する口のききようは、聞いているほうが可哀想になるくらい、冷たかったそうだ。

それはともかく、父の追従とおばちゃんの謙遜は、二つながらに母のコンプレックスを深くえぐった。愛想笑いをしながら、母は「ああ、嫌だ、嫌だ」と、心の中で呟いていたのだ。

伯父夫婦と小旅行に出かけたとき、帰宅した母が荷物を投げ出して、台所の隅でシクシク泣いているのに出くわした。行きがかり上、どうしたのか訊いたら「お父さんが優しくない」と訴えた。

いい歳して、なに、甘っちょろいこと言ってるのよ。中学生のわたしは鼻白んだ。亭主っていうのは、優しくないもんでしょうが。

　昭和三十年代に育つと、妻に優しい夫というものはアメリカのホームドラマにしかいないと刷り込まれる。

　小津安二郎の映画を見てごらんなさい。帰宅した夫は立っているだけで、妻に背広をはがされ、どてらを着せかけられ、ひざまずいた妻に帯まで結ばせて、座るとすぐに「おい、お茶」と命令だ。まるで殿様である。また、妻が「はい」と当たり前のように従うのだな。テレビの日本製ホームドラマでも、その上下関係は変わらなかった。子供のわたしはやりとりの中に秘められるものを読み取れず、単純に、夫というのは威張るものだと思い込んだ。だから、父が優しくないと泣く母をバカにした。

　多分、おばちゃんの前でビクビクしっぱなしだった母は、また何かドジを踏んで、おばちゃんの面前で恥をかいたのだろう。

　何も言わなくても、おばちゃんの視線は母にとって、批判以外の何物でもない。そうして傷ついた心を、父に陰ながらでも、かばってほしかったのだろう。

　しかし、B型の父は気付きませんよ。

　それどころか、兄に亭主関白ぶりを見せたくて、うまくやれない母に説教をかましたかもしれない。

父は母が大好きだったのに、母の気持ちを思いやることがなかった。自分勝手な善人だった。

可哀想な京子さん。

と、今なら言えるが、悪いことに母が涙を見せたのは、生意気盛りの中学生だ。全然、同情してもらえない母を慰めたのは当時高校生で、血液型ＡＢ型の次姉だった。

血液型は違うが干支が同じ次姉は、母と気が合い、父への不満も共有していた。だから母は、孤立無援というわけでもなかった。

孤立無援はもしかしたら、おばちゃんのほうだったのかもしれない。

小津の映画の妻たちは夫に敬語を使う。

「あなた、どうなさったの」「あなた、こうしてくださいな」「あなた、ご飯、召し上がる？」「あなた、ちょっとお話があるんですの。お隣がこんなことおっしゃるんですけど、どうしましょう」

怠け者の大工の孫で、小心者の鞄屋の娘。一貫して下町育ちのわたしは、こういうのを聞くと「ケッ、気取っちゃって」と毒づかずにいられない。

世界に冠たる小津安二郎が、わたしは嫌いだ。徹底的に、男の論理が貫かれている。抑圧される女の気持ちを、みじんも斟酌《しんしゃく》しない。嫁に行くことばかり強要される原節子扮する娘の、気が進まない様子がちらりと描写されるが、それでも最後には花嫁衣装で「お父さん、お世話になりました」とやって終わらせる。

父の娘から、夫の妻へ。貞淑に従順に。それが女の生きる道。そんなの、夢だ。彼自身、ついに結婚しなかったのは、それがわかっていたからだと思う。あの人は、妻なる生き物が現実に発散する「理想の妻なんか、やってられないのよ、わたしは！」オーラに耐える気はなかったのだ。

わたしにとって小津安二郎は、生身の女に興味がない「優しくない」男の象徴だ（ちなみに、小津の対極にいて女心の大家といえるのが、林芙美子の原作で撮り続けた成瀬巳喜男だと思う。大好きです）。

ところで、おばちゃんは、小津映画に出てくる妻そのものだった。

山の手言葉。乱れない着付け。美しく盛りつけられた総菜が何皿も出てくる食事。お茶がぬるくなってないか、誰の箸が進んでないか、お代わりは要らないか、常に目配りする行き届いた給仕の態度。来客があるときには花を生け、磨きぬかれた床の間だけでなく玄関にも飾る。

いとこたちは客間の前に座って手をつき、「いらっしゃいませ」と挨拶する。立ちっぱなして、照れ笑いでグニャグニャしながら「……チワ」と言ったかと思うと、ぱっと逃げ出す。あるいは、顔を出さずにすむよう、物置にこもるわたしのような不作法な態度はとりません。躾ができているのである。

そのような完璧な例を見せられたあと、振り返ってみれば自分の後ろに、正座を保ち続けられず、膝を開いてお尻をぺたんとつけた女の子座りに姿勢を崩した我が娘が、仏頂面でうつむいている。

おばちゃんの視線から軽蔑を深読みした母は、屈辱にうちひしがれたことだろう。

6

わたしは、野放図な子供だった。

目的地に直線距離で向かうため、座っている客の膝をまたいで横断する。おしゃべりに付き合わされるのに飽きると、ずずっと下がって壁にもたれ、足を投げ出して本を読む。それが不作法だと、思いもしなかった。自分がしたいようにする野蛮人である。あとで母にこっぴどく叱られたが、へのかっぱだった。

だって、叱り方がよくなかったのだよ。

母は「恥ずかしい。わたしが嗤《わら》われる」と、目を三角にした。

わたしゃ、母親の格を上げるための道具じゃない――と、わたしは反発した。

あれは失礼な行為であると諄々《じゅんじゅん》と諭してくれたら、野蛮人のくせに頭でっかちで大人ぶり屋のわたしも、おとなしく学んだことだろうに（多分）。

こんな具合だから、母はほうぼうで言い訳しなければならなかった。

「店が忙しくて、ちゃんと見てやれなかったものですから」

そうかもな。

でも、時間があっても、母におばちゃん並みの厳しい躾ができたとは思えない。

せっかちな母には、一度聞いたらすぐにできるようになる、わけはない、グズり屋の子供をなだめすかして教え込む根気がなかった。

母は裁縫や料理の技術に長《た》けており、やりながら教えることはできたが、やる気がないうえ、ぶきっちょなわたしが宿題の靴下編みだの浴衣縫いだのをトロトロやっているのを見ると決まって苛立ち、「貸しなさい！」とひったくって、とっととやってしまうのが常だった。

犬を甘やかすと、言うことを聞かず、嚙むわ吠えるわ、ところ構わずおしっこするわ、飼われているペットの分際で主人を見下す「王様症候群」になるという。躾が苦手なうえ、せっかちで世話好きの母は、わたしを「王様症候群」の子供にしてしまったのだ（と、この期に及んで、自分の欠点を母のせいにするところをみると、わたしの王様症候群は不治の病ですな)。

母は行儀も愛想も悪いわたしを恥じたが、父はへっちゃらだった、と思う。父に行儀のことで叱られた覚えはない。父も躾には無縁だった。女の子だから、どう扱えばいいのかわからなかったのだろう。


わたしに関して父が言及したのは、物置で本を読んでいたせいで強度の近視になり、小学校五年生で眼鏡をかけさせるよう、担任に言われたときだ。

そのことを母に相談された父は、夕食の席で一番遠くに座って黙っているわたしを見やり、

「女の眼鏡というのは、あんまり見いいものじゃないな」と言った。

その瞬間、わたしは父を軽蔑した。

この人は、近視の矯正の必要性より、見栄えのほうを気にするんだ。わたしのことを本当に気遣ってなんか、いないんだ(なんだか、しょっちゅう、親を軽蔑してますねえ。でも、子供って、そういうもんでしょう？)。

当時、父は四十七歳だ。立派な大人の年齢なのに、中身は幼い。本当に、人の気持ちに無頓着な人だった(亡くなった後、遺された八十代で書いた日記の中に、この件についての記

述があった。わたしにこの思い出話をされた父は、愕然としている。そんなことを言ったと覚えていないのはもちろんだが、子供のことをどう考えていたのかと、反省していた。老いてからも、人は成長するものですね)。

　父がいい人になったのは、母が病んでからだ。

　うつに陥り、人前に出られなくなった母の代わりに、八十を過ぎた父が一人で店を守り(暇な小店だったから、ただ店番をするだけではあったが)、以前は母に任せっぱなしだった町内会の集まりにも顔を出すようになった。ところが、お祭りの準備だの、ゴミ収集に関する話し合いの会だの、それらのあとにつきものの親睦会だので、老妻の介護をする健気な年寄りとして労《いたわ》られ、持ち上げられることに気をよくした父は、俄然《がぜん》、ご近所付き合いに精を出すようになった。

　おそらく、口をきかない母と、母の面倒を見るのが精一杯のわたしにほったらかしにされた寂しさをご近所付き合いで紛らわせていたのだろうが、おかげで人生の最後の五年間、無類の好々爺となった父は、ご近所みんなに愛された。

　母と違い、あるべき人生への夢というものを持たなかった父は、多分、屈辱や挫折感とも無縁だったろう。高飛車な客の態度に傷つくことはあっても、いつの間にか消えている。心的エネルギーが淡白なのだ。

父は呑気で、とことん幸せな人だった。その証拠に、焼き場から現れた父の頭蓋骨は明らかな笑顔のイメージを浮かび上がらせ、迎えたわたしに貰い笑いをさせた。

それに比べると、兄嫁のおかげでコンプレックスを内在させ続けた母は、可哀想だった。

二〇〇八年二月、最新の危篤から復活後、境界線をうろつくうち、きつく目を閉じ、右手で左手の指をしぼりあげつつ、「字もろくに書けないし」と唇を嚙んだ母のコンプレックスの根深さに、わたしは戦慄《せんりつ》した。

でも、母は知らないのだ。

おばちゃんは、勝ち誇っていたわけではない。おばちゃんも、不本意な人生に耐えていたのだ。

おばちゃんは付き合いにくい人で、つまりは、愛されにくい人だった。だから、孤独だった。それをおそらく、誰にもわかってもらえなかった。

7

わたしは中学校の頃から、ものを書く職業につきたいと思っていた。他にしたいことが何もなかったからだ。

作文だけは、いつもほめられた。でも、小学校のときも中学校に入ってからも、わたしより文章のうまい人が必ずいた。だから、書くのが好きでも、それを仕事として生きていけるようになるのは無理だろうと考えた。

ここらあたり、夢を描いて努力するより、持っているものでなんとかなるレベルに安住しようという小心者の父の血が感じられる。

あれは中学卒業が近い頃だったか、買物帰りに一緒に歩いていた母に、わたしは高校卒業したら、適当にOLでもやって、見合いして、結婚して、普通の主婦になるつもりと告げた。すると母は驚喜した。道の真ん中でわたしの肩を抱き、「お母さん、嬉しい」と顔中で笑った。

母の手放しの喜びようが、わたしに先入観を植え付けた。

お母さんは、わたしが普通の奥さんになるのを望んでるんだ……。

でも、わたしが母を喜ばせたのは、そのときだけだった。

わたしは「書きたい欲」の命ずるままに、当時、にわかに脚光を浴びていたコピーライターに憧れ、広告の専門学校に入った。そして、コネで地元の広告代理店に就職したが、半年でケツを割った。

今度こそ、地道にＯＬをやって結婚と、現実逃避ならぬ夢からの逃避を図ったが、やっぱり、ダメ。

ＯＬを二年やって、すっかり飽きて退職を決めたとき、母は「同期入社のＭちゃんは辞めないのに、なんで、あんたは続けられないの」と、愚痴を言った。

他の人にできることが、どうして、できないの。人並みのことが、なぜ、できないの。叱られるときの言い草は、いつも、人と比べてのダメ出しだった。わたしはそこに反発した。他人を基準にされるのが、なにより嫌いだったからだ。

わたしは、わたしだ。この世に一人の女王様だ。

だから、叱られてうつむきながら、胸の中では怒りの炎を燃やしていた。意地でも、母の言う通りになんか、してやるもんか。そう決意した。

そのうち、母はわたしを「怖い子だ」と言うようになった。手強《てごわ》いというより、親を親とも思わない尊大さが憎らしかったのだろう。

人と比べて、ダメなところを叱られる。おそらく母は、そうやって育てられたのだ。そして、従順にそれに従い、完璧ではない自分にバッテンをつけた。それと同じことをやったら、父そっくりで他人を視野に入れない「わたしが一番」主義の娘は、まるで聞き入れない。この腹から出たのに、この子はまるで自分に似ていない。母にはわたしが、怪物に見えたのかもしれない。

かくて、人を基準に自分を測るしか自己認識の方法を知らない母は、教養高く、立ち居振る舞いも隙がない兄嫁の存在自体に、いつも押しつぶされていた。

自意識過剰のあまり、被害妄想の気味がある母は、おばちゃんの山の手言葉による発言のすべてを批判、説教、もしくは皮肉と受け取った。

そして、また、どういうわけか、母は肝心のところで、よくしくじった。

長姉の結婚式がホテルで執り行われたのは昭和四十年代後半で、親戚の女たちは黒留袖で勢揃いした。

式が始まるまでの間、控え室の一角に黒留袖が集合した。反対側には、男たちのたまり場があり、その中に祖父がいた。

初孫の嫁入りに浮かれた祖父は、早くもビールを飲んでいる。母は上品とはいえない元大工が何か不始末をしでかさないかと気をもみ、親戚の祝福の言葉に上の空で応対しながら、しきりに祖父を気にしていた。

わたしは黒留袖の集団のはじっこにいた。この日のために作ってもらった、当時流行のパンタロンスーツで座敷に座る居心地悪さに閉口し、自分のときは、こんな型通りの結婚式なんかしないぞ、などと考えていた。

祖父を気にしつつ、一団の中に戻ってきた母に、おばちゃんが言った。

「京子さん、あなた、お扇子は？」

母ははっとして、帯に手を当てた。正装のマナーとして帯に差し込む飾り扇が、ない。

わたしは母が、家で「扇子、扇子」と騒いでいたのを見ていた。確かにあのとき、扇子を手に持っていた。

それなのに、帯に差してない。

多分、差し込もうとしたところで、別の用を思い出したのだ。母は二つのことを同時にできない。三味線のお稽古に挫折したのも、右手と左手をばらばらに動かすのができなかったからだ。

「お嫁さんのお母さんがそれじゃ、格好がつかないでしょう。ほら、わたしの貸してあげるわ」

おばちゃんが自分の帯から抜いて差し出した扇子を、母は「すいません」とかなんとか小声で言って、受け取った。その顔は、暗かった。

陰に呼んで、そっと貸してやることもできただろう。

「初めての子供の結婚式だもの。あがるのは当たり前よ。大丈夫。気にしなさんな」なんて囁いてくれたら、母は一生、恩に着ただろう。

でも、おばちゃんはみんなの前で母のミスを指摘した。

おばちゃんに悪気はないのだ。あるべきものがないから、正しい姿に直させただけだ。

でも、冷たい顔に冷たい声で、用件を伝えて、それっきりの態度は、母にとっては衆人環視の場で恥をかかされたに等しい。

恥をかくことを、母は何よりも恐れていた。

それでなくても、もの知らずをバカにされている(母はそう思い込んだし、おばちゃんのほうも少しは見下していたはずだ。誰だって、無知な人間をバカにするものだ)。これで、自分の無教養をみんなに知られてしまった……。

黒留袖には飾り扇。知っていたのに。だから、出がけにチェックしたのに。それなのに、忘れた。

後悔と自己嫌悪で、母はグシャグシャになった。

もっと悪いことに、祖父が披露宴の最中、居眠りし始めた。同行していた叔母が祖父を外に連れ出したが、母には恥の上塗りだった。

母はさすがに面と向かって祖父を責めはしなかったが、あとで「おじいちゃんたら、大いびきかいて。わたしは恥ずかしくて、いても立ってもいられなかった」と、顔をゆがめて嘆いた。

わたしは、祖父がなぜ宴の途中で席を立ったのか、わからなかった。疲れたのだろうと思っただけだった。いびきだって、聞こえなかった。気がついたのは、祖父とテーブルを囲んだ叔母と、他の親戚たちくらいのものだったろう。

それにしても、父親を見張るのに気をとられて、娘の晴れ姿に感慨を抱くどころではなかった母は、不幸な性格だ。


父もアガって、式における親族紹介のとき、「わたしが新婦の父の」と言うべきところ、「わたしが新婦の母」とやり、文金高島田の長姉をはじめとする娘たちは、笑いをこらえるのに必死だった。

冠婚葬祭に失敗はつきものだ。人は緊張を強いられると、ほころびを見せるようにできている。そして、恥ずかしい出来事ほど、一生ものの笑い話になる。

滞りなくやりおおせてしまうと、思い出なんか残らない。愛すべきは、失敗なのだ。

母の中で、「わたしが新婦の母」とやらかした父や、孫の結婚式で早々に酔っぱらい、肝心のときに大いびきをかいて舟をこいだ祖父のしくじりは、そう時間をかけずに笑い話になったことだろう。

だが、扇子がないのを指摘したおばちゃんのことは多分、数多《あまた》ある「兄嫁がわたしにした意地悪」ファイルに押し込められ、生々しい恨みと怒りを保存し続けたに違いない。

8

大阪人がよく、東京の人は言葉がきつい、怒られているような気がするとジョークのネタにするが、その感覚は「なのよ」「だわね」式の山の手風女言葉が存在しない地域の人間に共通のものだろう。

広島弁に囲まれて育ったわたしたちにも、おばちゃんの山の手言葉は違和感があった。でも、子供だったわたしたちがおばちゃんを煙たく思ったのは、お上品な言葉遣いそのものではなく、それを口にする取り澄ました表情のせいだった。

昔の映画に、懲罰のための鞭を手に、縮こまった女子生徒たちを睥睨《へいげい》して歩くオールドミスの怖い女教師がよく登場した。おばちゃんは、束縛の象徴である鬼教師のイメージそのままだった。

とっつきにくい、なんて可愛いもんじゃない。はっきり言って、怖かった。だって、笑わないんだもん。

もしかしたら、女は歯を見せて笑ってはいけないと躾けられたのではないか。今になって、わたしはそんなことを思っている。

他にも、もしかしたらと想像を巡らすことがある。

伯父はおばちゃんに向かって「京子はコロコロ笑って、可愛い」とか、その種のことを言ったことがあるのではないか。そして、コロコロ笑うことができないおばちゃんは、自分を否定されたようで傷ついたのではないか。

五十半ば過ぎまで生きてきて、わたしはつくづく思うのだが、男に愛されるのは、ものを知らず、目から鼻に抜けず、何かあるとあわてふためいてすっ転んだりする、至らない女だ。几帳面で、真面目で、四角四面に行き届き、滅多なことでは失敗しない女は、疎《うと》まれる。懸命によき妻よき母たらんと努力すればするほど、男にとっては、色気も可愛げもない、権高《けんだか》な、時として無性に腹立たしい存在になっていく。

おばちゃんは、そのことで傷ついてきたと思う。

やってくるたび、おどおどと落ち着きなく、話に合わせて無理やり笑ったかと思うと、ペットの文鳥が飛んできただけであられもなくキャーキャー逃げまどう義理の妹。まるで、子供だ。

こうであってはならないと教えられてきた典型を、夫が口元をほころばせて見ている。「可愛いなあ」と、目で愛でている。

母と違って、感情を顔に出さないおばちゃんはきっと、台所に下がって洗い物でもしながら、唇を結んで涙を噛み殺したことだろう。

口惜しさ。嫉妬。自己憐憫《れんびん》。そして、自己嫌悪。

母が抱いたのと同じものを、おばちゃんも感じていたはずだ。

でも、母にはわからなかった。徳山から、毎度げっそり疲れて帰ってくる母を、母とは双子のように仲がいい次姉が「おばちゃんはお母さんが可愛いから、やきもち焼いてるのよ」と、憎さ百倍の言いがかりながら、おそらく、多少は当たっている悪口を言って、母を慰めた。

わたしは、そんなときも傍観者だった。おばちゃんは嫌いだが、萎縮しまくる母も気に食わなかったのだ。

伯父はある朝、新聞を取りに玄関口の郵便受けに行き、そこでバタリと倒れた。気がついたときには、もう息がなかったという。

葬儀には、父と母と次姉が行った。東京で働いていたわたしはあとで聞いたのだが、父親代わりの兄を喪《うしな》った父は、人目もはばからず「兄貴、兄貴」と泣きじゃくったそうだ。姉は、伯父の死に顔があまりにも父そっくりなので、「お父さんが死んでるみたいで怖かった」そうだ。

そんなことより、母と次姉の記憶に残ったのは、真珠事件である。

葬儀のため、女たちは同じ部屋で喪服に着替えていた。そのとき、おばちゃんがつけようとしたネックレスの糸が切れて、真珠が散らばった。拾うのを手伝う母と姉に、おばちゃんは、この真珠がいかにいいもので、いかに高価だったかを、盛んにアピールした。そして、母と姉がつけている真珠は「本物か」と訊いたそうだ。

姉はムッとして「ミキモトです」と即答した。

あんなときにまで自慢して、わたしたちをバカにして、感じが悪かったと、姉はいまだにプンプン怒っている。

でも、おばちゃんには、そんなつもりはなかったと思う。

父も伯父同様、あっという間に逝った。具合の悪い母の代わりに喪主を務めたわたしは、一気に押し寄せる用事の多さに目を回した。何をどの順番で、どのようにやりおおせたか、まったく覚えていない。これは、わたしに限らないようだ。家族の葬儀のあとさきの記憶がすっぽり抜けているという経験談を、ずいぶん耳にした。

真珠が散らばったとき、おばちゃんはひたすら狼狽《ろうばい》したのだ。

夫の死と同時にちぎれたネックレスに、何かを感じて畏怖したのかもしれない。

あるいは、ここぞというとき、人前で乱れを見せたことなど一度もなかったのに、不始末をやらかした（人為的ミスではないが、完璧主義のおばちゃんには、あってはならないことではなかったか）。その恥ずかしさを隠すため、どうでもいいことを口走ったのではないか。

高価で上等な真珠のネックレスの糸が切れる。それは、長い時間の経過を思わせる。

「あら、もう使えないわね。仕方ないから、別のにするわ」

さらっと、そう言えばよかった。でも、そんな余裕がないのが喪主なのだ。

真珠を拾い集めたあと、おばちゃんがどうしたか、姉の記憶からは抜け落ちている。おそらく、ネックレスをつけずにすむ和服に着替えたと思われる。

市会議員まで務め、父の尊敬の対象だった伯父が一度だけ、うちに借金の申し込みに来たことがある。

知り合いの借金の保証人になったところ、借り主が逐電《ちくてん》してしまったという。

父は、自分で用意できる額では足りないので、次姉の進学用に母が貯めていた預金をおろすよう、命じた。母は嫌だったが、悄然とする義兄を目の前にして、拒否はできない。不本意を顔に出すだけで、黙っていた。

そのとき貸した金は、どうやら戻ってこなかったらしい。

これらの経緯を、例によって、お付き合いのすべてを遮断していたわたしは、あとから聞いた。ところが、現場には居合わせていたのである。

当時、中学生のわたしが学校から帰宅したのは、話し合いの途中だった。

居間のガラス障子が閉まっているのをいいことに、わたしは挨拶抜きで二階の自室に逃げ込むべく、階段に向かった。

階段は暗がりの中にある。その一段目に、おばちゃんが腰掛けていた。いつもしゃきっとして怖かったおばちゃんが肩を落としてうつむき、涙ぐんでいた。

驚いて言葉もないわたしを見て、おばちゃんは恥ずかしそうに微笑《ほほえ》み、「タエコちゃん、二階に行くのね。ごめんなさい。どうぞ」と、少し身体をずらした。わたしは「失礼」も「ごめんなさい」も言わず、そそくさとおばちゃんの横をすり抜けて、上にあがった。

二〇〇七年、古い家の解体を前に、荷物を整理するため、天袋に入れっぱなしにしてある父の日記を取り出した。すると、思ったより奥深い天袋から、父の日記以外のものがぞろぞろ出てきた。その中に、泉屋の空き缶があった。

泉屋のクッキー詰め合わせは、しっかりした金属製の缶入りのうえ、化粧箱に収納されて、ちゃんとした贈答品の代表格だった。空き缶は無論、物入れとして再利用される。母は裁縫道具を、父は品物につける正札とスタンプを入れていた。

これは父のものか、母のものか。

開けてみると、袋入りの裁ち鋏《ばさみ》やすり減った爪切り、色形さまざまのボタン、くしゃくしゃになった薬袋など、まだ使えるという理由でとってある小物類が入っていた。

父も母も、物を捨てられないところは共通していたが、内容からしてこれは母のものに違いない。この際、ゴミは捨ててしまおうとひとつひとつ取り分けていたら、黄ばんだ結び文が出てきた。

開けてみると、変色した便箋に母の字で「お父さんへ」と書いてある。

これを読まずにおらりょうか。

この頃、具合が悪くて、先が長くないような気がするので、ずっと言いたかったことを書いておきます——というのが書き出しだが、この変色具合を見ると、おそらく、母が更年期症状で苦しんだ五十代頃のことと思われる。

母の恨み言は、ひとつだった。

三河島の実家が、隣家から一緒に古い家を取り壊してアパートにしないかと持ちかけられた。そのためには、資金がいる。それを貸してくれないかと、父が広島まで来て頭を下げたのに、お父さんは「うちには、そんな余裕はない」と断った。あのとき、わたしは口惜しく、悲しく、情けなくて、階段のところで泣きました。そのことを、お父さんは知らないでしょう。

それなのに、徳山が借金を頼んできたときは、わたしのへそくりまで出させた。わたしはこのことが、どうしても許せない。忘れられない。でも、お父さんには、わたしの気持ちはわからないでしょう——。

そういう内容だった。

そうだったのか！

わたしは膝を打った。

母の胸にわだかまる思いにではなく、おばちゃんが階段に腰掛けて泣いていた理由に思い当たったからだ。

市会議員まで務めた伯父だ。自分で出せるだけは出しただろう。おばちゃんだって、蓄えを吐き出したはずだ。金に換えられるものは売り飛ばしもしただろう。

それでも足りず、それまでは明らかに格下だった義理の弟夫婦に頭を下げねばならない。プライドの高いおばちゃんにとって、それがどんなにつらいことだったか。

実家自慢の人だっただけに、その実家に対しても合わせる顔がなかっただろう。あれは、おばちゃんの人生で一番つらい経験だったはずだ。

大体、保証人になるなんて、おばちゃんは不賛成だったのではないか。義理ある人に頼まれたか、あるいは男と見込んでとかなんとかおだてられたか、とにかく、判子をつくにあたっては、伯父の「男のメンツ」がものを言ったのだろう。

そして、ケチん坊の父に頼まれただけの額をぽんと出させたエネルギーも、メンツだ。父は生まれて初めて、立派な兄の上に立ったのだ。どんなに気分がよかったことか。

そして妻たちは、階段の暗がりで涙を流した。

この仕打ちに黙って耐え続けた母が、更年期の苦しみに死を予感して、手紙にすべてを吐き出した――かというと、そうでもない。

母は例によって雑巾がけをしながら、ぶつぶつ、長々、陰々滅々と呪詛《じゅそ》の言葉を吐き出していたのだ。

このときも、わたしはそばにいた。けれど、何が問題なのか、知ろうともしなかった。あ、うっとうしいと眉をひそめ、読んでいた本に集中しようとした。

ところが、父がいきなり「あーあー、出来の悪い家族を持って、悪かったな!」と怒鳴った。母は黙った。

わたしは驚き、なんだか知らないが巻き込まれてはならじと逃げ出した。

あれは、返ってこない金に対する恨み言だったのだ。

ケチん坊の父のことだから、ぽんと貸してやって面目を施したはいいが、行ったきり戻ってこない金に内心、あせりを禁じ得なかっただろう。

でも、催促はできなかった。金を返せと催促するには、とてつもない根性がいる。父は根性なしだった。

そんなこんなで、自分でも嫌な気持ちでいるところに、母の愚痴攻撃だ。悪いと思っているから余計、しゃくにさわる。そこで爆発となったのだから、まったく、金とは厄介なものである。

しかし、ケチん坊でもB型のいいところは、根に持たないことだ。自分の日々が大過なく過ぎれば、金の憂さはいつの間にか、忘れてしまう。

そりゃ、全額、自分で出したわけじゃないものな。半分以上、母のへそくりだ。そのことを、父は感謝しなかった。妻が夫に従うのは当たり前だと思っていたからだ。だから、当初、少しは感じていたに違いない負い目も、あっさり忘れた。

なんたる身勝手。ひどい人。それが父だ。でも、悪気はないのよ、許してね。B型の血の仕業なのだ。と、父のコピーのわたしは言い訳する。

しかし、もちろん、母は忘れないし、許せない。その怒りも今となっては、よくわかる。

父が死んだとき、母は涙ひとつこぼさなかった。

うつ病で感情のレベルが下がっているからだ。わたしは周囲に、そう言い訳した。弔問に来た人に母は「お父さんが死んだ気がしない」と、起伏のない声で言った。それはそれで涙を誘ったが、わたしは母が本当に悲しくないのだと思った。

父は、目の上のたんこぶだった。それが消えただけだ。

母が大好きで、母だけが人生を分かち合う友だった父を、わたしは憐れんだ。でも、鈍感な父は、母に愛されていないことにも気付かず、幸せに死んだ。これって、鈍感力？

9

紆余曲折の末、二十代後半で、わたしはようやく念願のライター仕事についた。これぞ天職と張り切ったが、地方では仕事量が少ない。

この道をもっと進みたいわたしは、上京を決意した。三十四歳でのゼロからの出発は怖かったが、それよりも怖かったのは親の反対だった。

普通の主婦になると言ったとき、驚喜した母の姿が、わたしの中に強く残っていた。だから、母は保守反動で、わたしの革命的旅立ちを許すとは、到底思えなかったのだ。

反対を押し切って一人で支度を整えるのは、できるけれど、やりたくはない。そこまでのパワーが出るかどうか。

わたしは三十四歳の歳食った子供だった。

おそるおそる決意を打ち明けたら、案の定、父は苦い顔で黙り込んだ。

しかし、母が熱烈に賛成した。

「やりたいことをやりなさい。お金がいるなら、出してあげるから」

そして、張り切って、東京在住の叔母の一人に下宿させてもらいたいと電話をかけた。結局、川崎に住んでいた長姉が、ちょうど亭主が大阪に転勤して部屋が空くから、うちに来いと言ってくれたので、そこからはトントン拍子ではあったが、母の激励がわたしには驚きだった。

結婚以外で家を出ていくのは許さないとかなんとか、古い女大学《おんなだいがく》を持ち出して反対すると思い込んでいた。

わたしはお母さんのことを、誤解していた。

そういえば、二十六歳のとき、三カ月だけパリに行って戻ってきたわたしに、母はこんなことを言った。

「青い目の旦那さんを連れてこないかなと、ちょっとだけ期待してたんだけど」

わたしは目をむいた。現地で男を調達するなんてふしだらなことをしたらどうしようと、気をもんでいたとばかり思っていたのに。

わたしは、母がパリ行きを愚行だと苦々しく思っていると決め込んでいた。それは、今思うとわたし自身が当時、バカなことをしたと後悔にまみれていたからだ。だから、思い出話の類は一切しなかった。

お母さんたら、異国の地でのロマンスを夢見ていたのか。そりゃ、わたしだって、夢見ていたけど、現実は厳しかったのよ。ろくな青い目がいなかったのよ。いいのには、見向きもされなかったのよ。そんなこと、おしゃべりできれば、よかったね。

三十四歳でようやく、わたしは自分の狭量さに気付いた。気付くのが遅いところまで、お父さんそっくりだこと。

ところが、もっと意外なことが起きた。おばちゃんが電話をかけてきたのだ。

そして、聞いたこともないような弾んだ声で「一人で東京に行くんだって？」と尋ねた。

「……ええ。まあ、そういうことになりまして」

「おばちゃん、そういう人、大好きよ。応援するからね」

なんと。あの封建的良妻賢母の鑑《かがみ》が。

それこそ、三十過ぎても独身のままで、フリーライターなんぞというはっきりしない仕事で世間のはじっこをモゾモゾしているなんて、しょうのない穀潰《ごくつぶ》しだと批判されているものとばかり思っていた。

それにしても、なついてもいない、ろくに話もしないわたしに、わざわざ電話してくるなんて。想定外すぎて、現実と思えない。

わたしは適当に返事をし、置いた受話器を茫然と眺めた。

そして、思った。おばちゃんは本当は、自分の力で生きてみたかった人なのだ。

頭がよくて自負もあったから、職業婦人になりたかったに違いない。でも、大正生まれで、しかも中流家庭なら、娘は親が勧める縁談に従うしか選択肢がなかったろう。そのために「女ひと通りのこと」を完璧にやれるよう、厳しく躾けられたのだ。

昭和四十年くらいまでは、刷り込まれた価値観のまま生きたかもしれない。でも、夫が死に、時が移って、女が思い通りに生きるのが当たり前の時代を目《ま》の当たりにするうち、抑圧してきた本来の自分と対面したのではなかろうか。

おばちゃんは、怖い人だった。

でも、暗がりに縮こまって泣いているおばちゃんを、わたしだけが見た。

そのときはそんなこと、思いつきもしなかったが、わたしはおばちゃんの涙を母に話すべきだったろうか。

あのときは、なぜか、見てはいけないものを見たような気がしたのだ。だから、誰にも言わなかった。

しかし、言ったところで、恨みに凝り固まった母は、おばちゃんの悲しみに思いを馳せる余裕はなかっただろう。

泣いたから、どうだって言うんだ。泣きたいのは、こっちよ。

鼻息荒く、そのくらいのこと、言っただろう。

素直になれないという点において、二人はいい勝負だった。打ち解けることができれば、どんなにか気が合っただろう。気付いてくれない鈍感で「優しくない」夫への愚痴を共有できたはずだ。でも、できなかった。近くにいたのに、すれ違ってばかりいた。

おばちゃんが最後に広島まで来たのは、父方の親戚が九十八歳の大往生を遂げたときのことだ。当時、まだ元気だった父が駅まで迎えに行った。

葬儀に行くとき、足元がおぼつかないおばちゃんに向かって、母が「ねえさん」と手を差し出した。おばちゃんは、その手をしっかり握った。

十年に及んだ東京でのフリーライター生活にきりをつけ、広島に戻っていたわたしは四十五歳。さすがに、お付き合いには参加すべきと人並みになって、喪服を着た。そして、三人並んで写真を撮った。撮影したのは、父だ。

そこでは、同じようにしわだらけで小さくなった母とおばちゃんが、白髪染めで茶色い頭を並べて、手をつないでいる。

母は仏頂面だが、おばちゃんはぎごちなく微笑んでいる。

今、その顔を思い浮かべてみたら、イメージの中でおばちゃんの笑顔が、どんどん明るくなっていくではないか。しまいに、大口開け、歯を見せた。

一度も見たことのないおばちゃんの満面の笑みを、わたしは容易に想像できるのだ。けれど、母の顔は硬いままだ。

伯父も父もおばちゃんも、天寿を全うした。母だけが、根深いコンプレックスを抱えたまま、生きている。

おばちゃんにしっかり手を握られて、あのとき、母は何を思っていたのか。できることなら、その手を振り払いたかったか。いつまでこんなことが続くのかと、暗い気持ちで運命を呪っていたのか。

あの日、母はずっと、おばちゃんと同席しなければならないときはいつもそうだったように、おばちゃんの視線を気にしつつ、その視線を憎んでいたのだった。

晩年のおばちゃんは、足が悪く、耳が遠くなったことから、引きこもり生活で九十過ぎまで長生きした。そして、成績がぱっとしないため（次姉の記憶によれば）冷たくあたっていた末の息子の介護を受け、彼に看取られて逝った。

最晩年にはときどき、うちに電話をかけてきた。

「京子さんに会いたいんだけど、おばちゃん、すっかり足が悪くなってねえ」

そして、死んだ父のことを話した。

「あんたのお父さんは、優しい人だった。おばちゃんの足が悪くても、駅まで迎えに行くから、いつでも遊びに来てくれと言ってくれてね」

わたしにも、そう言ってほしかったのだろう。でも、わたしは具合の悪い母を楯にとり、「お母さんが元気なら、来てもらうんですけど」と、暗に予防線を張った。

しかし、その断り文句は聞こえていただろうか。

おばちゃんはいつも話の途中で「おばちゃん、耳が遠くて、よく聞こえないのよ」と寂しげに言い、「じゃあね」と電話を切った。

母の敵は、おばちゃんではない。母自身なのだ。母が、もっと自分を認めていたら、人は人、自分は自分とおおらかになれていたら、おばちゃんの態度を侮蔑と誤解することはなかったはずだ。

自分を信じきれず、人目を気にする頑固な自分が、おばちゃんの形を借りて、母を攻撃したのだ。

そりゃ、おばちゃんも相当長い間、母を見下していただろう。でも、晩年はそうではなかった。おばちゃんは、母に会いたがっていた。きっと、母に許してもらいたかったのだと思う。

でも、母は許していない。

母がなかなか逝けないのは、恨みを昇華できないからではないか。逝きかけても逝きかけても帰されるのは業が深いからだと、母が自分で言っているように。

いい感じで、死んでほしい。人生に感謝し、喜びの中で天に昇ってほしい。

時期だけでなく死に方にまで、わたしは注文をつけている。そして、そのことへの罰のように、母の容態は先が読めない。

わたしがおばちゃんの心中に思いを馳せたのは、訃報を聞いたあとだ。生きているときは、やはり、どこまでもうっとうしい人だった。

会って、いろいろ話を聞いておけばよかった。それで二本くらいは、小説を書けただろうに。おばちゃんも喜んでくれただろう。

東京に出ていくわたしを応援すると言ってくれた。あのとき、おばちゃんはわたしに、自分の中で解放しきれなかった何かを重ね合わせたのだ。

気付くのが遅すぎる。ほんっとに鈍感なんだから。

お父さん、あなたの血筋のせいよ。どうしてくれるのよ。

第三話

傷跡の必要

1

原田康子の小説『挽歌』は、日本版の『悲しみよ こんにちは』ともいわれ、昭和の時代までは小生意気な文学少女のバイブルだった。その証拠に、二回映画化されている。

一回目は一九五七年。監督は名匠、五所平之助。主役の怜子は、久我美子。原作者が出した「髪が長くて、ガリガリに痩せていること」という条件にピッタリのうえ、日本映画史上、例を見ないほどの怜悧《れいり》な美貌はまさに原作から抜け出たようだ。さらに、小悪魔的な美少女に恋される中年男桂木を演じたのが、これまた世界に誇る日本映画史上最高の美男、森雅之なので、見ているだけでうっとりの名画になっている。

けれど、わたしの記憶に残っているのはリアルタイムで見た一九七六年、秋吉久美子主演によるリメイクのほうだ。

　映画の質としては、おそらく最初のほうが優れていると思う。しかし、わたしにとってリメイク版が忘れがたいのは、桂木の飼い犬に嚙まれた怜子が恐縮する彼に言う、次のような台詞《せりふ》があるからだ。

「わたし、怪我するの好きなの。傷跡ができたら、思い出が残るから」

　これは原作にはない、映画のオリジナルだ。脚本は井手俊郎と蒼井マキレ。

　どちらのアイデアかは不明だが、わたしは映画館で一度触れたきりのこの台詞を、忘れたことがない。つまりは、胸に刻まれたわけだ。


『悲しみよ こんにちは』も『挽歌』も、少女が奸計《かんけい》を巡らし、憧れの対象だった大人の女性を破滅に追い込むというストーリーだ。

　少女時代には、この構造が小気味よかった。しかし、大人になってから読むと、小説の読みすぎで頭でっかちになった小賢《こざか》しい少女の気取りが恥ずかしい、耽美《たんび》ロマンに過ぎないと思える。本当の大人の女なら、小娘の企みで絶望の淵に追い込まれ自ら生命を絶つなんて、あり得ないもの。

　ま、そんなことはどうでもいい。物語の展開は甘くても、ヒロインのセシルと怜子の魅力は、若い女にしか書けないものだ。さらに言えば、何不自由ないセシルに比べ、怜子は片腕に障害があるという設定が、よりロマンチックに乙女心をかきむしる。

障害が怜子の性格を屈折させ、独特の翳《かげ》りと負けん気をもたらしている。障害もしくは難病とプライドと恋愛は、青春小説に輝きをもたらす三種の神器《じんぎ》だ。『挽歌』はその意味でも優れた作品だから、平成の世の娘たちもふるって読むように。

それはそれとして、リメイク映画版『挽歌』にあったあの台詞は、十代二十代では思いつけないものだ。

傷跡が思い出になる。

うーん、美しいなあ。しかも、真実だ。頭で考えた机上の空論ではない。

五十を過ぎると、むしろ、跡がつくほど傷つく経験でなければ思い出になり得ないとわかる。人が自分の幸せに気付かないのは、ハッピーな経験ほどメモリーにインプットされないからだ。

傷つかなければ、忘れてしまう。人間とはそれほど大雑把な生き物だ。

しかし、傷物という言葉があるくらいだから、表面の傷は内面にコンプレックスの根を下ろす。

理性的であることを自分に課す誇り高い怜子も、思いを寄せる桂木に片腕がきかないことを隠し続け、隠しおおせなくなって打ち明けるときには、思わず感情的になる。

だが、片腕が曲がらないという怜子の「傷」は、外見からはわからない。そこへいくと、わたしの皮膚に残された傷跡はくっきり見える。

インパクトはどっちが上かなあ――なんて比べるのはナンセンスだね。どっちにしろ、傷跡は本能的に隠される。

「傷がついたら、思い出が残る」

そう書いた脚本家が示唆しているのは、心の傷のほうなのだろう。

しかし、身体の傷は心の傷に直結する。そして、目に見える傷跡を「思い出の証」と悟るためには、長い時間がかかる。

わたしの場合、物心ついた幼稚園児の頃、すでに傷跡があった。だが、どうしてそんなことになったのかの記憶はない。

傷跡は、だから、怪我をしたときの思い出ではなく、「傷跡がある」ことによるさまざまな思い出を残した。

2

死に向かう母を見るわたしの胸には、ある恐怖がある。

それはわたしが押し隠している罪悪感が、母が死んだ後、どんな形で噴出するかということだ。

わたしは高校生の頃、母を傷つける目的で、母の根深い無教養コンプレックスをえぐったことがある。介護中にぶち切れて、寝たきりの身体を乱暴に扱ったこともある。実際、二〇〇五年に骨盤の亀裂骨折が見つかったときには「わたしのせいだ」と思ったが、黙っていた。

しかし一方で、母がわたしに対して抱いている罪悪感を思う。


わたしの両腕の内側と左足の膝の上には、うっすらと白く盛り上がるケロイドがある。

幼いときに熱湯をかぶったと教えられた。父と母が接客中で、わたしから目を離した隙に起きたことだった。

子供に一生消えない傷が残るほどの怪我をさせた——。

不完全や失敗を忌み嫌う母は、自分の不注意で我が子を「傷物」にしてしまった罪悪感から、わたしを腫《は》れ物扱いした。

食わず嫌いも、朝寝坊も、ちっともお手伝いをせず本ばかり読んでいることも、来客にちゃんと挨拶をしないことも、愚痴ることはあっても強く叱ることがなかった。姉たちがわたしを泣かせたら、悪いのがわたしであっても、怒られるのは姉たちだった。

わたしはよく蕁麻疹《じんましん》を出し、汗疹《あせも》がひどく、かぶれやすかった。それはアトピー体質のせいなのだが、母は事故のせいで皮膚が弱くなったからだと思い込んだ。

偏食がたたって、夏になると必ずバテ、ゴロゴロ寝てばかりいた。というか、年中、ゴロゴロしていた。わたしは生まれついての怠け者だったのである。

ところが母の目から見れば、子供らしい生気がないのは、事故の後遺症で虚弱体質になったからだった。

他人とほとんど口をきかない超内向的な性格も、傷のせい。不出来な部分はすべて傷のせい、ひいては親のせいになった。

だから、明朗で活発な子供になれなんて、とても言えない——と、母はわたしの性格矯正をあきらめた。

頭が痛いお腹が痛いと言うと、母はすぐに真に受けた。学校に行きたくないわたしは、よく仮病を使った。それどころか、学校に行くふりだけして、近くの教会やときには我が家の物置に入り込んで、ずる休みをした。

母は簡単にだまされた。痩せっぽちの腕を覆わんばかりに存在感があった傷跡は、いうなれば、母を恐れ入らせる水戸黄門の印籠《いんろう》だったのだ。

わたしは無意識のうちに傷跡を利用し、母の罪悪感を引き出して、自分だけの世界の女王様として君臨した。

やな子供だねえ。

それも、今、振り返ってわかることで、当時はやはり、傷跡はコンプレックスだった。

なぜ、そんな事故が起きたのか。詳しいことを聞いたことはなかった。知りたくもなかった。

赤ちゃんのときに煮え湯をかぶったとだけ聞かされていたから、わたしの頭の中にはいつの間にか、つかまり立ちをするようになったわたしがちゃぶ台の上のヤカンをつかんでひっくり返した、というストーリーができていた。

しかし、人に「それ、どうしたの」と訊かれるのは嫌だった。

取り替えられるものなら取り替えたいと何度も思ったけれど、よーく考えてみると、中学校までのわたしは腕だけでなく、気難しい自分を持て余し、まるごと誰かと取り替えたいと思っていたのだから、傷跡だけが「玉に瑕《きず》」ではなかったのだ。

人に好かれたかった。明るく、能天気になりたかった。金持ちのお姫様になりたかった。

とにかく、自分でいるのが嫌だった。

だが、まあ、確かに火傷《やけど》の傷跡は、具体的な重荷ではあった。

傷跡が服で隠れる秋から冬が好きで、あらわになる夏が嫌いだった。両腕を抱え込んで内側にある傷を隠す姿勢が癖になり、「バンザイをして大きく伸びをしましょう」なんて言われても、腕を正面に向ける動作がどうしてもできず、しょっちゅう指導された。

子供というのは性悪《しょうわる》で、いじめを娯楽にする生き物だ。わたしが小学校の頃、つまり、今やノスタルジーで美化されまくりの昭和三十年代、小学校ではおおっぴらに貧乏人が「クサイ」「汚い」といじめられた。投薬のせいで髪の毛が抜け落ちた女子がいたのだが、悪ガキどもは休み時間になると、彼女がずっとかぶっている帽子を誰が一番早く奪い取るか競争をした。

実際の行動に出るのは一部の男子に限られたが、他の子供は見物客として楽しんでいたのだ。

子供は天使だなどという戯言《たわごと》を、わたしは信じない。自分が優位に立つために他者を踏みつけにする卑しさを、人間はみんな根元的に持っていると思う。他者と出会った子供が一番初めにやるのは、攻撃だ。

思いやりや優しさは、主に環境要因や人間関係の中で後天的に育まれるものだとわたしは思う。聖書や仏典、コーランなどの教え、そして神話伝説として各地に残る教訓物語は、そのためのテキストだ。

ともあれ、目立つ傷はいじめの対象になるものだが、誰とも口をきかず、本ばかり読んで、同化ないしは順化を拒否するわたしはいじめ甲斐がなかったのか、それとも多少は不気味で怖がられていたのか、長いことお構いなしだった。

しかし、六年生になったとき、いじめる男子が現れた。

彼はクラスで一番身体が大きく、もう声変わりしていた。勉強はできないが、体格のよさで運動はなんでも一番という典型的な体育会系だが、これがわたしの傷跡に目をつけた。で、毎日、わたしのそばに来て、かたくなに抱え込んでいる腕を引っ張り、みんなに見せようとした。

わたしは痩せっぽちだったが、そういうときは信じられない力が出るらしく、彼の腕力に抵抗できた。

無言で彼の手を振り払い、素知らぬ顔で本を読み続けるわたしの頭を、彼は腹立ちまぎれにこづいたりしたが、わたしはそれでも涙ひとつ見せなかった。

わたしは怒っていた。彼を憎んだ。だから、泣かなかった。無視するのが最大の復讐《ふくしゅう》だと知っていたわけではない。ただ、泣くなんて屈辱だと思っていたのだ。

おまえなんかに、泣かされるもんか。

わたしは石のように無表情を貫いた。というか、当時はそれがわたしの常態で、むしろ、笑うほうが難しかった。純文学的な子供と申せましょう。

彼はわたしの傷跡について歌まで作り、休み時間になるとしゃがれ声で呪文のように歌いながらわたしの周囲を経《へ》巡《めぐ》って、視線を集めようとした。そして、いじめの加担者を募ったのだが、なぜか誰も応じない。

あるとき彼は、成績がいいので女子の間で人気があった金川くんに、わたしの腕の傷について訴えた。おそらく、わたしに見せつける意図を持って。

金川くんは椅子に座り、長身の彼は立って腕を高く掲げ、そこに指を走らせて、わたしの傷跡の模様を正確に描写した。

黙ってそれを見上げる金川くんの厳しい目つきを、わたしは忘れない。口に出してたしなめこそしないが、その目には強い反感があった。

金川くんは在日コリアンだ。わたしの中に在日コリアンへの強烈なシンパシーがあるのは、あのとき金川くんが無言で示したいじめっ子への軽蔑のせいかもしれない。

わたしの傷跡をえぐろうとしたのは、六年生のときの彼が最初で最後だ。

後にこの話をすると、みんな「その子はあなたのことが好きだったんですよ」と言う。男性ほど、そう言う。

でも、彼を動かしたのは、そんな純情ではなかったと思う。

並はずれて大きかった彼は、あのときすでに暴力的な性欲の嵐に翻弄されていたのだろう。心を閉ざして感情を表に出さない暗い女子が、彼本人にも得体の知れない欲望を刺激したと考えられる。

彼がわたしにしたかったのは、腕の傷のことでいじめ、泣かせることではなかったのだろう。

彼は誰かを、何かを、蹂躙《じゅうりん》したかったのだ。

しかし、それは不発に終わった。彼がそれ以上の暴力行為に出なかった幸運を、わたしは喜ぶべきなのだろうか。いじめが短期間で終わったのは、彼が暴れ回る欲望の正しい処理方法をどこかで学んだからではないかと、今では思っている。

男の子のことはわからないから、すべて推測なんだけどね。

わたしはずっと彼が不幸になるように呪いをかけていたが、大人になって少しは察するようになった。

男は性欲の奴隷だ。男が人生を狂わせるのは、たいがい、暴走する性欲のせいだ（違う？）

彼のいじめは孤立無援だった。しかも、いじめてもいじめても、相手は目を赤くすることもなく、「やめて」とも言わず、彼がそこにいないかのように完全に無視する。

ご存じのように、無視はいじめ返しの基本である。

わたしはきっちり、彼にいじめ返しをしていたのだ。

とまあ、かっこよくまとめられるのも、時間が経ったからだけどね。

3

傷跡は、大きくなったら薄くなって目立たなくなると言われていた。周囲の皮膚が成長するから。

わたしはそれを期待したが、背が伸びても薄くなることはなかった。バンザイをするとき、腕が内側を向くのは身についた習慣になり、夏、つり革を持つときも、無意識のうちに必ず左手で右腕の関節あたりをつかんで隠した。

しかし、傷跡が隠れる秋から春までは、伸び伸びしていられる。人嫌いのほうも中学二年まで続いたが、次第に殻が軟化していった。友達ができたからだ。

わたしが進学したのはプロテスタント系の女子校で、お嬢さん学校と称されていた（前述のマリコさん問題が起きるくらいだから、真性お嬢さんである）。

公立の小学校時代は貧乏人がゴロゴロいて、親が何をやっているのかわからない家の子供や、家族ぐるみのやくざ者で五年生のとき恐喝で補導され、六年生で校舎に放火して少年院送りになった猛者《もさ》（彼は後に、地元暴力団の若頭になったそうだ。ある意味、一直線の出世である）もいた。

ところが、女子校に入ると中産階級がほとんどで、おそらくはそうした豊かな環境で育ったせいだと思うが、呑気で気の優しい子が多かった。思いやりや優しさは環境要因で後天的に育つとわたしが信じる根拠は、この女子校にある。

ミニスカートが大流行のご時世だ。わたしたちは校則をちょっとだけ破り、スカートのウエスト部分を折り込んで、裾を膝上にした。

すると、左膝に貼られた切手のような傷跡が見える。友達が「おまえ、それ、火傷か？」と訊いた。男言葉でしゃべるのが流行っていたのよ、女子校っぽいね。

あまりにもストレートだったので、わたしは「うん。赤ちゃんのときにヤカンひっくり返したらしい」と答えた。友達はスカートをめくって、太股を指差した。そこには、同じようなケロイドがあった。

「わたしは、ここ。カレーかなんか、こぼした跡」

誰にでも傷跡はある。わたしがその単純な真実に気付いたのは、その瞬間だった。

ある夏、体育の授業が終わって教室で着替えているとき、隣の席にいた同級生の上腕部に三角形のケロイドを発見した。

級友の一人が、「それ、どうしたの」と訊いた。わたしは、こういう質問はできない。

彼女は無表情にぼそっと答えた。

「男に切られた傷」

わたしたちは息を呑んだ。

「どういうこと」

「知らない。小さいときだったから、覚えてない。知らない誰かにやられたんだって」

その迫力に負け、わたしたちは沈黙した。

あれは本当のことだったのだろうか。しかし、当時のわたしは信じ、誰かに切りつけられてできた傷のほうが、ヤカンをひっくり返した火傷の跡より闇が深いと思い、なんというか、恐れ入ったのだった。

同時に、改めて思った。

生まれたときの傷ひとつないツルリとした身体のまま成長する人間なんて、いないのだ。ことに子供は、無防備ゆえに大きな怪我をする。

そして、高校生になったとき、初めて母の口から、そのときの様子を聞かされた。

当時、長姉の同僚の新妻がよく家を訪れていた。妊娠していたのだが、実家が他県にあり、頼れる人がいなくて心細い彼女を姉と母が気遣って、遊びに来るように言っていたらしい。

とにかく、新妻とわたしと三人でいたとき、何がきっかけか忘れたが、母が彼女に向かって、わたしの怪我のことを話し始めたのだ。


父と母は店で、奥の間からの激しい泣き声を聞いた。

驚いて飛んでいくと（といっても二歩の距離だが）、二歳になるかならないかの末っ子が湯気をあげて泣いている。母はあわてて抱き上げたが、そのまま固まってしまった。

「何してるんだ！」

父が怒鳴り、一歩も動けずガタガタ震える母の手から子供をもぎとって、自転車で近くの外科病院に運んだ。

薬を塗ってガーゼで覆い、包帯を巻いてもらった。それから毎日、治療に通うことになった。

しかし、ガーゼをはがすと、できたばかりの皮膚も一緒にはがれてしまう（ヒェー）。子供は、泣きわめいた。我ながら、可哀想です。母は無論、針のむしろに座る思いだ。

それが繰り返されるばかりなので、母は耐えられなくなった。そこへ、民間療法で火傷を治す名手のことを教えられた。

治療師は初老の女性だった。彼女は子供の傷を見てまず、「痛かったねえ、可哀想に」と言った。

そして、何かと何かを鉢に入れて、手でよく練った（自然素材の名前を並べたような気がするが、忘れてしまった）。そのベトベトしたものを、そっと傷の上にかぶせる。

ひんやりしているのが気持ちいいらしく、子供はおとなしくしている。治療師は次に、細かくちぎった和紙を塗り薬の上に桜吹雪のように散らした。和紙は薬に隙間なくくっつき、傷を覆い、かつ腕を動かしてもとれないガーゼと包帯の替わりになった。

その夜、子供は事故以来初めて、痛みで泣くこともなく、ぐっすり眠った。

翌日、治療院に行くと、すっかり固まった塗り薬がはがされた。どこかをちょっとどうにかすると（肝心のところなのに、これも忘れた）、薬はパリパリと割れて、皮膚からはがれ落ちた。今度も、子供は泣かなかった。

これが繰り返され、大部分の皮膚が復元されたが、最初の外科医院での失敗は取り返せず、傷跡は残ったのだった。

その話を聞かされた新妻はわたしの傷跡をしげしげ眺め、「ほとんど、わからないじゃないですか」と言った。

そういう反応は珍しくない。人にはたいしたことなく見えても、本人にはたいしたことなのだ。だから、ちっとも慰めにはならなかった。

わたしを慰めたのは、幼い自分の頑張りだった。

いやはや痛かっただろうに、よく乗り切ったね——って、自分の意志で乗り切ったのではなく、生体があらかじめ持つ自然治癒力のおかげなのだが。

二歳かそこらで再生力の塊だったことや、トラウマを残すほど脳が成長していなかったことも幸運だった。完全主義者の母は気に病んだが、この一件はわたしの運の強さを証明しているのだ。

しかし、高校当時のわたしは、運の強さより自分の持っている心身の強さのほうを採った。あの頃、気のいい友達としゃべって自分を解放する快感に目覚めたわたしは、傷跡を気にしてイジけることに飽きていた。何かを気にして暗くこだわり続けるのも、エネルギーがいるのよ。

だから、この傷跡とうまく折り合う考え方を探していたのだと思う。

母の口から経緯を初めて聞いたわたしは、この傷跡を、赤ん坊のわたしがサバイバルした証拠として自慢することにした。

そうと決めたら、生まれながらの自意識過剰がフル稼働して、「腕をなくしても特徴があるから、すぐに探し出せる」などと、それこそ耽美ロマンなことを口走るようになった。そういうことを言うと、目を潤ませる人がいるからだ。

傷跡は右手首の小指側にもある。長さ二センチほどの条痕なのだが、十九歳のとき付き合っていたボーイフレンドが自殺未遂の跡だと、これまたロマンチックな想像をした。

この思い込みを聞いたときは、ただ、あきれた。

切るんなら、動脈が通っている親指側だろうよ。こっち切ったって、死ねませんて。そんなことも知らないの？

いい子だったが、この一件で醒めた。彼の笑止千万な誤解が腹立たしかった。

わたしのサバイバルの証拠を自傷行為の跡と間違えるなんて、屈辱だ。わたしは自殺を図るような、おセンチ人間じゃない。

その後、彼は親との間に確執があるという、終始ムッとしている女の子に恋をした。わたしとの付き合いが先だったから、いうなれば、浮気をされたというか、鞍替えされたのである。自殺未遂なんかしない丈夫な神経に飽き足らなかったらしい。

ほんっと、男って無駄にロマンチックなんだから！

　ともあれ、ことほどさように傷跡というのはそれ自体、ドラマチックなものだ。映画監督スピルバーグの出世作『ジョーズ』の中に、鮫狩り経験を競う船長と学者が、互いの身体に刻まれた鮫の嚙み傷の比べっこをするシーンがある。その場にいた警察署長が、見せるべき傷がないのを口惜しがるユーモラスなシーンだが、これに象徴されるように、傷跡は闘いの証だ。だから、自慢物件になるのだ。

　嘘だと思うなら、傷跡の比べっこをしてみるといい。

　どんどん出てくるぞ。

4

　今のわたしはもちろん、火傷の傷跡を気にしていない。両手を正面に向けた正しいバンザイができるし、つり革をつかんだ腕を隠すこともない。

　三十代にはもう、そうなっていた。それでわかったのは、傷跡は隠そうとするほうが目立つということだ。

　しかし、子供のうちはそんなこと、わからない。内面が未熟な子供の世界では、目に見える傷跡の存在感が一番大きいからだ。

成長するにつれ、外見ではなく内面に着目する他人がいるという事実に気付き、徐々に外傷が心に落とす影が薄くなっていった。

大人になると薄くなるって、そういうことだったのか⁉

だが、気にしなくなるまでには、それなりの摩擦を経る長い時間が必要だ。

傷跡をどう受け止めるか。その修練のために、神様はすべての人間に傷跡をつけるのだと、わたしは思う。


ところで、この項を書こうと思い立ったわたしは、二人の姉に何か覚えていないか、訊いてみた。

五歳上の次姉には、まるっきり記憶がない。八歳上の長姉はさすがに覚えていて、味噌汁をこぼしたのだと言う。

当時、子守りのために母方の叔母が我が家に派遣されていた。二十代初めの遊びたい盛りなのに、遠くに嫁にやった母を心配する祖父が無理やり送り込んだのだ。

叔母は、三人の姪の子守りと家事一切をやらされていた。そのときは、食事の用意をしてちゃぶ台に並べ、おとなしく座っていた末っ子に「動かないでね」と言って、他のことをしに台所に立った。

ここまでのことを語れるのだから、当時十歳くらいの長姉もその場にいたのだろう。しかし、何がどうなって、わたしが火傷を負う羽目になったのか、目撃していない。とにかく、全員が目を離した隙に、わたしは手を伸ばして鍋をつかむか、触るかして、ひっくり返したのだ。

叔母はそれがきっかけで、東京に帰された。多分、父が激しく責めたのだろう。

父は膨大な日記を遺している。それを見れば何か書いてあるだろうと探してみたが、昭和九年や十年の日記までとってあるのに、三十年代は一冊もない。父の手で背表紙に年代を入れて順番に紐でくくってあるところを見ると、抜け落ちている日記は故意に捨ててしまったのではないかと思っている。

思い出したくない日々だったのだろうか（確かめたくても、父はもう骨になった。寝たきりの母は口をきくのもしんどいらしく、話しかけると迷惑そうに顔をそむける）。

叔母が帰されたあと、子守りのねえやが雇われた。田舎の娘で、わたしはよくなつき、馬の絵を描いてくれるよう四六時中せがんでいたというのだが、薄情なことにまるで覚えていない。

豊かとはいえない我が家にねえやがいたというのが驚きだが、おそらく、昭和三十年代の山間部はまだ貧しく、住み込みの子守りはいい稼ぎ口だったのだろう。

ともあれ、昭和であろうと平成であろうと、子供が鍋やヤカンをひっくり返して大火傷をするというのは、ありふれた事故のようだ。

今回、治療師がやった民間療法について、何かわからないかとネットで検索してみたら、同様の事故で負った火傷の治療法を探す母親たちのいくつもの声を拾った。病院で皮膚移植が必要と言われたというのもあった。

それからすると、わたしが負った火傷はさほど重傷ではなかったと思われる。ちなみに民間療法として、すりおろしたじゃがいもが紹介されていたのが興味深かった。わたしに施されたのも、その類だったのだろう。

面白いことに、姓名判断で「小さいときに大病をしたでしょう」と言われたことが、二度ある。わたしの本名は、そういう運命を背負っているらしい。

病気ではなく事故だったが、とにかく「小さいとき」、すなわち、運命づけられた災厄をすでに通り過ぎたことが、大変めでたい。姓名判断によると、当分、無事に過ごせるそうだ。

母の死が近いと感じるたびに、母を傷つけた思い出が蘇《よみがえ》る。寝たきりで長生きすることにうんざりしているから、それは日々、更新されていく。

でも、罪悪感の比べっこなら、母だって解消できないものを持っている。わたしの腕の一生消えない傷跡は、母が背負った重荷でもあったのだ。わたしはそれを思って、自分の罪悪感の毒消しをはかる。

それだけでなく、こうして傷跡を飯の種にしている。それを知ったら、母は少しは喜ぶだろうか？

5

最近、ようやく再評価の機運が高まっている星新一のショートショートの中に、『箱』という作品がある。

小さな箱を大事に持っている男の話だ。

その箱は彼が子供の頃の遊び友達が別れ際にくれたものだ。

「この中には、本当に困ったことがあったとき、君を救ってくれるものが入っている。でも、この箱がきみを助けられるのは一度きりだ。だから、みだりに開けてはいけない」

彼は親友と、本当に困ったときだけ開けると約束する。

その後の人生で、彼は何度か苦しい目にあった。そのたび、箱に手が伸びた。しかし、開ける前に考えた。

本当に、これを開けるより他に道がないのだろうか？　もっと頑張れるのではないか？

そう思い直した彼は歯を食いしばり、努力して、箱を開けることなく困難を乗り切った。

その繰り返しで年老い、最期の時を迎えた。

彼は、一度も箱を開けずにここまで来た自分に満足していた。だから、箱を開けたのは、
それがこの人生でやり残した、ただひとつの事柄だったからだ。

箱の蓋を開けると、中から懐かしい友達が現れた。

「きみだったんだね」

「そうです。わたしはあなたを天国に案内する天使だったんです」


うろ覚えのまま書いたので、細部の間違いは多々あるだろうが、基本の筋立てはこの通りだ。忘れようがない。『箱』は、星新一作品中のマイ・ベストワンなのだから。

人生の苦難から人を救い出してくれる魔法。それは、死だ。

だから、一度しか使えない。そして、死を逃避の手段にせず、困難な人生を生き抜いた者だけが死を祝福に変えられる。

こんな教訓を巧みに寓話化しているという解釈が一般的だが、わたしは『箱』を死ではなく、常にそばにいてくれる天使と読み取るのが好きだ。

神様はこの世に生命を送り出すとき、必ず、付き添い天使を一人、つけてくれる。

しかし、その天使は無力だ。自分が担当する人間が不幸にならないよう奇跡を起こす、なんてことはできない。間違った方向に行かないよう、手を引いて導いてやることもできない。

ただそばにいて、悲しいときは共に泣き、嬉しいときは共に笑うんだって——と話してくれたのは、高校時代の級友だ。

十字架が立つ教会の高い塔のてっぺんで、肩を並べて遠くを眺めていたときのことだ。

人を助けられず、一緒に泣く付き添い天使。その無力さが、なんだか可愛い。気に入った。

以来、わたしは付き添い天使の存在を信じることにした。

信じる者は救われる。

わたしには霊感なんかないが、「人間は神経の作用でどうにでもなる」みたいなことを、今は亡き桂枝雀師匠も言っている。

わたしが「いる」と思えば、付き添い天使はいるのだし、その存在を「感じる」ことだって、できるのだ。

正式に付き添い天使を「いることにした」後、グループサウンズの中では五番手くらいに人気があったカーナビーツの公演があった。

数人の級友と楽屋入りから追っかけ、客席で二時間、嬌声をあげ続けた。公演後も、メンバーが楽屋口からタクシーに乗り込むのを見送った。テールランプが見えなくなっても、夢心地だった。

ぼーっとしたまま家に帰り、二階の自室に向かう途中の階段で、なんともいえず気持ちが沈んだ。

宴の後の寂しさに襲われていたのだが、当時はそれとわからない。最高に幸せだったのに、一時間と経たないうちに憂鬱な顔をするなんて、あってはならない。満足して、充実して、元気一杯で眠らなければ、カーナビーツに申し訳が立たないと思った。

だが、ダメだ。なんだか、とても悲しい。

重い身体を引きずるようにして、階段を登りきったとき、左肩の後ろあたりに何かが寄り添っていると感じた。

付き添い天使だ。

そう思ったわたしは、首をひねってそのあたりを見やり、「いるのね」と声に出した。

それで、なんとか救われた。

それ以来、何か楽しいことが終わった後、あるいは嫌なことや悲しいことがあってひどく落ち込んだとき、わたしは付き添い天使に話しかけることにしている。

「いるのね」

無論、返事はない。そんなものはいらない。返事が聞こえたら、そのほうがコワイ。わたしが「いる」と思い込めれば、それでいいのだ。

寂しさや虚しさをごまかすための心理的トリックだと、バカにされたくない。

そんなこと言ったら、わたしの付き添い天使が気を悪くする。ちゃんといるのに。


この種のことを書くと、色眼鏡で見られがちだ。

ヘンな宗教にはまっているとか、霊能者を騙《かた》る詐欺師にだまされておかしくなったとか、ひそひそ陰口をきかれる。

そういう連中が一方では、占い師遍歴をしたり、幽霊を怖がったりするのよね。霊的体験だのオカルト話をヒステリックに批判するのは、本当はそれらが怖いから「ないこと」「なかったこと」にしたいのだろう。

調べてみるといい。反神秘主義者はおそらく、なんらかの根深い恐怖症を抱えているはずだ。

なーんて言うのも、小説家のよたっぱちよ。気にしないでね。わたしも、ヘンな宗教にはまった愚か者呼ばわりされたって、気にしないから。

高校のとき、一番好きだった級友が、こう言った。

「天国なんかない、人間は死んだら塵《ちり》になるだけだと思ってる人は、死んだら塵になるだけ。天国を信じている人は、死んだら天国に行くんだと、わたしは思う」

わたしは、膝を打った。一分の隙もない名答だ。

だったら、天国はあると信じていたほうが得じゃない？　死んだら塵になるだけなんて、なんだか、つまらない。

わたしの信心は、この程度だ。

付き添い天使のことも、いると考えたほうが楽しいから、いることにしているのだ。そして、最後の息を引き取ったとき、わたしは言う。

「あなただったのね」

彼女は微笑んで、頷くだろう。

なんで「彼女」、つまり、わたしの付き添い天使が女だと特定できるかって？

それは、夢で見たからよ。

ほーら、オーラだの集合無意識だの神秘主義だの霊的世界だのが出てくるぞ。そういう話が嫌いな人は、ここから先を読んじゃダメ。

6

二十世紀末、わたしは首都圏でフリーライターをしていた。

バブル崩壊後、めっきり仕事が減って、過酷な現実に直面せざるを得なくなった。フリーライターも肉体労働、若くてなんぼの世界である。歳を食ったら、それだけでリストラは必至。景気回復は「待てば海路の日和あり」だろうが、わたしの職業的将来性はどん詰まりまで来た。

そうなると、長年胸に秘めてきた小説家志望の焼けぼっくいに火がつく。小説家なら、年齢は関係ない。

しかし、小説って、どうやって書くんだ？

何もわからない。もう、最低。付き添い天使？　そんなの、いないよ。苦しいときに手助けしてくれない天使なんて、意味ないじゃん。

折しも、ふてくされつつゴロゴロしていたわたしの身近に、「魂の救済」もしくは「解脱」

を模索する友人がいた。

彼女はアメリカのスピリチュアリスト（というのかな）、エドガー・ケイシーに傾倒しており、宇宙人とのコンタクトとか、高次の意識であるハイヤーセルフとか、前世とかを云々《うんぬん》する、当時広まっていたニューエイジの集会にわたしを誘った。

何か有益なこと、希望を持てることを教えてくれるなら、それが前世だろうが、宇宙人だろうが、イルカだろうが、構わない。

暇なら売るほどあったことだし、わたしは藁《わら》にもすがる思いで誘いに応じて、あちこち出かけた。

アメリカ人のチャネラーなる人が、宇宙人のメッセージを伝えるという集会では、「ひとりひとりが明るい気持ちで平和を願えば、世界は変わる」と聞かされた。

そんなこと言われても、わたしが願っているのは世界平和ではなく、個人的現世利益である。レベルの高い宇宙人のアドバイスは、地べたでもがくわたしのはるか頭上をヒラヒラと通り過ぎていった。

天理教の教祖の霊が降りてくるという青年の話を聞きに湯河原まで行けば、「自分の力で人を変えようとしてはならない。まず、自分が変わらなければ」と教えられた。

その青年は、個別に天の声を伝えてくれる。順繰りに前に座ると、彼の両手が相談者の両手を包み込み、優しい声で話すのだ。

わたしの前にいた女性は、亡くなった母親が今は天国で幸せに暮らしており、娘に元気で明るく生きてほしいと言っていると教えられ、滂沱《ぼうだ》の涙を流した。

わたしは、「あなたの希望は叶えられるから、あきらめずに精進するように」と言われたらいいなあ……と夢想した。わたしの希望は、今も昔も、たったひとつ。ものを書いて生きていく人間になることだったのだ。

さて、わたしの番が来た。目を閉じたままの彼が差し出す両手に、揃えた手を委ねる。すると彼は、こんなことを言った。

「自分一人くらいならいいだろうと、あなたが空き缶を捨てると、あとから来る人がここはゴミを捨ててもいいんだと思って、どんどん捨てる。そして、何もなかった場所がゴミだらけになる。このように、軽い気持ちでやったことが汚れを作ってしまうのだよ。そうならないよう、心がけなさい。そうしたら、心の埃も拭われる。わかったね」

「はい」

わたしは殊勝に返事をしたが、内心、ムクレた。

まるでわたしが、そこらじゅうに簡単にゴミを捨てる不心得者みたいじゃないか。そうじゃないとは言いませんがね。

誰に対してでも、彼が話すことの基本は終始一貫、利己的な姿勢を正せということだった。でも、わたしが求めていたのは、わたしの利益に結びつく具体的な情報だった。

天の声は、占いやまじないの類はやらないらしい。わたしはいうなれば、花屋に魚を買いに行ったのだ。


空振り続きでも、わたしは「天の声」探しをやめなかった。真っ白のスケジュール帳と鳴らない電話を横目に家でゴロゴロしているより、誰かと約束してどこかに出かけるほうがましだった。

グループ・メディテーションにも参加した。瞑想によって内面を浄化するというのは有名な話だが、そこに至るには訓練が必要らしい。しかし、優れた導き手がいれば、未経験者でもそこそこのレベルにまで達するという。グループ・メディテーションはそのような、初心者用お試しコースとでもいうべきものだった。

内面の浄化。もしかしたら、わたしに必要なのは、それかもしれない。

仕事がめっきり減ったとか、どうやったら小説を書けるようになるのかわからないとか、不安や不満がたまりたまって、毎日が暗い。

瞑想すると気分がよくなり、ああ、生きてるってそれだけで素晴らしいことなのねと思えるらしい。

お金がなんだ。仕事がどうした。今、生きている。それだけで十分ではないか。

そんな心境になってみたいものだ。

参加費用一万二千円は痛いが、わたしは痛いと思うまいと自分に言い聞かせた。

内面の浄化よ。ありとあらゆる欲望が消えていくのよ。欲が消えれば、お金の心配も消え失せるのよ。

それって、最高じゃない？

瞑想のリーダーはまたしてもアメリカ人女性なので、通訳がついた。

薄暗い部屋で男女あわせて八人ほどの参加者が、リーダーを基点とした円を描いて椅子に座った。

α波が出るとおぼしきシンセサイザーによるミニマル・ミュージックが流れる中、リーダーが最初に話したのは、次のようなことだった。

人間は七歳まで、生まれる前の記憶を持っている。しかし、七歳を過ぎてからは現象世界のプレッシャーにさらされ、生まれてきた本来の目的を忘れてしまう。だが、七歳の自分は心の中に、変わらぬ姿でずっと、いる。忘れ去られ、抑圧され、それでも、いつか気付いてくれる時を待っている。

今から、わたしの声に従って、深く深く自分の中におりていきましょう。そして、そこにいる七歳の自分を抱きしめてください——。

七歳の自分ねえ。

わたしは、七歳のときの自分を覚えている。

不機嫌な子供だった。現実が大嫌いだった。家族に特別な愛情も感じない。母が出かけるのを嫌がったが、それは、面倒を見てくれる者がいないと困るからだ。

わたしは王女様で、母は乳母であり、侍女だった。

父のことは、なんとも思わなかった。生活費は父の働きから出ていたのだが、七歳でそんなことがわかるわけはない。家族を養っているのは父親だ、だから感謝しなければならないというような教育も、された覚えがない。父親の存在感は薄かった。

七歳のわたしの不機嫌さを今の頭で表現すれば、次のようになる。

わたしは不本意ながらも、上の決定で仕方なく（上って、なんなのよ）ここに運ばれてきた。でも、やっぱり、ここってロクなところじゃないよな。

大体、子供なんて、つまらないんだよ。なんでも、大人の言いなりにしなきゃいけないしさ。あー、ヤダヤダ。

ままごとだの、かくれんぼだの、おはじきだの、縄跳びだの、あんなの、どこが面白いんだろう。バカみたい――。

七歳にしてここまで生意気になれるなんて、大人だった前世の記憶が残っていたとしか思えない。

ところが、お気に入りの物語はディズニーアニメの絵本版『ダンボ』『バンビ』、そして『シンデレラ』。

思いっきり、子供ではないか。

飼い猫を可愛いと思ったことも、裏庭に咲く紫陽花《あじさい》をきれいだと愛でたこともない。情緒欠如で尊大でわがままな、途方もなくやなガキである。

あれと対面するのか。ちょっと、引くな。

でも、本当に見えるとしたら、それは画期的な体験だ。

わたしは好奇心にかられ、目を閉じ、深呼吸を試み、一生懸命、内面に集中しようとした。

しかし、どうしても薄くまぶたが開き、まわりの人がどうしているか、チラチラ見ずにはいられない。

結局、何も起こらなかった。心の奥深くまでおりていった気もしない。ぜーんぜん、集中できなかった。あほらしい。

どぶに捨てた一万二千円を惜しんで心で泣くわたしをよそに、リーダーが「みなさん、それぞれの体験を分かち合いましょう」と言った。

分かち合い。それは、ニューエイジの合い言葉だった。

ある女性が涙ながらに、七歳の自分と出会ったことを話した。おかっぱ頭の女の子がうずくまっていたそうだ。忘れていてごめんねと、彼女は謝った。女の子は微笑んで、彼女に抱きついてきた。

んまあ、羨ましい。この人はきっと、お化けも見るのだろう。

同行した友人は、「何かイメージがよぎったが、それだけだった。でも、面白かった」と快活だ。

内面の浄化を求めて行った場から、わたしは一万二千円を失った世俗的後悔にまみれて出てくる羽目になった。

こんなことなら、占い師に同額払って具体的なお告げをもらったほうがよかった。でも、そんなことは言えない。まわりはみんな、内面の浄化を求める正しい人たちばかりなのである。

オーラが、波動が、霊的体験があぁだこうだと熱っぽくしゃべる人たちって、ムカつくよね。反神秘主義者の気持ちが、よくわかる。

何も感じない。天の声なんか、聞こえない。魂は救済されず、内面はゴミ屋敷。それって、なんか損してるみたいで、口惜しいです。

思い起こせば、どん詰まりだった三十代後半のわたしは、不機嫌の塊だった七歳のわたしの拡大コピーだ。

生きているのがつまらなくて、仕方なかった。

だが、よく見れば、拡大コピーの余白にはたくさんの書き込みがある。それはもう、余白と呼べないほど、ぎっしりと。

それに気付いたのは、「天の声」探しの最後に出会った「夢の読み解き」のおかげだった。

7

三十代後半の「天の声」探しは、決定打が見つからないまま、だらだらと続いた。

頭も心もゴミ屋敷のまま。求めても得られない現世利益を恨めしく思う一方で、霊的に生きることに野心的な友達が次々ともたらす情報にも、意地汚く耳を傾けた。

宝くじも、買わなきゃ当たらない。そんな気分だった。

そのひとつに、夢の読み解きがあった。

夢といえばフロイトによる分析が有名だが、彼の手にかかるとどんな夢も性的抑圧の象徴になる、とテレビドラマの台詞にあった。

しかし、友達の説によると、夢はすべてを把握している高次意識、もしくは宇宙の集合意識とつながっている自分の無意識からのメッセージなのである。

だから、見た夢を記録しておきなさい。一度脳から出力して、よーく考えてみたら、メッセージが読み取れるから。


集合意識がどうなんだかはぴんと来ないが、無意識からのメッセージというのは納得できるものがあった。小さいときから繰り返し見る夢のパターンがあったからだ。

わたしは、どこかで見た覚えのある風景の中にいる。そして、一刻も早く家に帰りたいと思っている。そのためには、電車に乗らなければいけない。しかし、駅にたどりつけないのだ。

駅がどこにあるのかわからないときもあれば、何ブロックか先に見えているときもある。そのほうが、始末が悪い。そこに向かって歩いているのに道が曲がりくねって、いつの間にか見失うからだ。

近くまで来ているのに、途中に立ちはだかる大きなビルに迷い込み、そこから出られなくなっているときもある。

夢の中でわたしはあせり、あせったまま目を覚ました。

現実では、わたしはちゃんと家にいる。それなのに、「なんだ、夢か」とあっさり気持ちを切り替えることができない。嫌な後味がたっぷり一日続く、苦しい夢なのだった。

だが、夢が無意識からのメッセージであると聞いて、腑に落ちた。

望みにたどりつけない焦燥感は、わたしに取り憑いた病のようなものだった。それが、駅への道を見失うイメージに置き換わった。

拍子抜けするほど、単純だ。こんなにわかりやすいんじゃ、精神分析の力を借りるまでもない。

で、頭に残っている悪夢のメモリーを再生してみた。

すると、駅にたどりつけないバージョン以外にも、心象風景を具体化した別のパターンがあるのに気がついた。

富士山に登っている夢もそのひとつだ。

富士山なのに、トレッキングではなく、ロッククライミングの要領で崖にしがみついている。目の先にある頂上の光景はニュース映像で見たマッキンリーのそれで峻厳にとがっているから、余計物々しい。それでも夢の中では、それが富士山なのだ。

そしてわたしは、たった一人で富士山に登っていると思った途端、怖くなってすくんでしまう。

あるいは、目的の場所に行く途中に穴があり、そこを通るしかないというのもある。その穴はどう見ても、人一人がくぐり抜けられるほどの大きさがない。こんなところにもぐりこんだら、息ができなくなる。それが怖くて、穴の前でもう息苦しくなっている。

人生の厳しさに悩み、あせり、恐怖するわたしの心が創造した「危機」のイメージときたら、幼児のお絵描き並みだ。深みも奥行きもなく、ガッカリさせられる。

空を飛ぶ夢も見たが、それだってスイスイ飛んでいるわけではない。浮いているだけで、飛ぼうとすると逆に、地面に足が着くところまで落ちてしまう。だからわたしは、そのたび地面を蹴って、ちょっとだけ浮かび上がるのだった。

夢が本当に無意識からのメッセージだとしたら、わたしは無意識レベルまで負け犬だ。救われない。

そんな話をしたら、「あなたはまだ、夢のメッセージが読み取れていない」と言う人がいた。

彼は、遺伝性の病気のため二十歳になる前に全盲になった鍼師で、どん詰まりの三十代後半に出会ったスピリチュアル系の一人である。

　整体や鍼治療など東洋医学を通じて人体に関わる人たちには、身体と心、あるいは脳との関係性について語る人が多いようだ。彼は、潜在意識の力について一家言持っていた。

　彼によれば、潜在意識こそが人生を動かすコンダクターなのである。そして、あせりと不安が見せる悪夢についてぼやいたときに、こう言った。

「それは本当に、悪夢かな。そばに誰か、いなかった？　よく思い出してごらん。誰か、いたはずだよ」

　あ——。

　そういえば、出てきた人物があまりにも意外だったので、ずっと心に残っている夢がある。二十代半ば過ぎに見た夢で、他の苦しい夢と違い、繰り返されることはなかった。でも、目覚めたときから一度も忘れたことがない。

　わたしは例によって、道に迷っていた。場所は住宅街だ。ブロック塀を巡らせた二階建ての一軒家が並んでいる。どの家も同じで、いくら角を曲がっても風景が変わらない。人通りもない。

　時間帯は昼下がりらしい。どんより曇っている。わたしは四つ角の真ん中に立ち止まり、いつものことながら、あせっていた。

するると、ひとつの角から女の子が現れた。

わたしが通った女子校の制服を着て、自転車を押している。ワンレングスの前髪を後ろになでつけバレッタで留めた、良家のお嬢さんらしいヘアスタイルで、誰なのかがわかった。

高校のとき、一学期だけ隣り合わせの席で過ごした級友だ。

彼女はわたしを見て「どうしたの」と訊いた。

「バス停がどこにあるか、わからなくなった」と、多分、わたしは答えた。よく覚えていない。ただ、彼女の返事だけをしっかり覚えている。

彼女は、わたしが元々顔を向けていた方角の先を指差した。

「このまま、まっすぐ行けばいいのよ」

この夢の記憶は、ここまでだ。

夢から突き飛ばされたように、いきなり、わたしは目覚めた。だが、夢は脳内に焼きつけられたごとく、はっきり残っていた。

わたしと彼女は単なる級友で、友達ではなかった。彼女の名前も覚えていない。それなのに、なぜ？

自転車を押して住宅街を歩く彼女の姿を記憶していたなんて、夢に現れるまで、それこそ夢にも思っていなかった。

子供から大人への拡大コピーの余白は、記憶の書き込みで埋まっていく。しかし、いくら書き込んでも読み取らなければ、何もないのと同じだ。

わたしは彼女とのことを書き込んでいた。だが、それを読み取るのに時間がかかった。


わたしの通った高校はクラス内を六人ずつのグループに分け、掃除を一緒にさせたり、教科によっては共同作業をさせていた。

だから、友達でもなんでもない彼女の家にわたしが行ったのは、多分、グループ学習のためだったと思う。といっても、行ったのはわたし一人だったから、別の理由があったのかもしれない。どうしても、思い出せない。とにかく、行ったのだ。十六歳だった。

商店街育ちで和室ばかりの古い家に住んでいたわたしは、門扉があり、玄関があり、ピアノとソファセットがあるリビングルームを備えたサラリーマン家庭の一軒家に怖じ気づいていた。

彼女の母親はトレイに載せた紅茶とクッキーを出してくれ、「どうぞ、ごゆっくり」と上品に微笑んで、部屋を出ていった。わたしと彼女は二人きり、静かな空間に残された。

わたしはまったく、リラックスできなかった。それなのに、どんな流れでそうなったかわからないのだが、彼女に火傷の傷跡のことを打ち明けたのだ。

人に「それ、どうしたの」と訊かれて答えたことは何度かあったが、自分から人に話したのは生まれて初めてだった。

彼女は大人びた、静かな人だった。成績がよく、責任感もあった。彼女に話す気になったのは、寡黙ながら知的で頼りがいのある雰囲気のせいだったと思う。

とにかく、わたしは彼女に「秘密を教えたい」と申し出た。そして、緊張する彼女に腕の傷跡を見せたのだ。

季節は春で、わたしたちはまだ長袖のブラウスを着ていた。だから、わたしはおもむろにブラウスの袖をまくって、「秘密」を披露した。

目に見える傷のことを、なんで「秘密」などと言ったのだろう。自分からは決して口にしないことだからだろうか。

彼女はむき出しになった両腕を片方ずつ両手で受け取って、ケロイドを観察した。そして、言った。

「全然、目立たないよ」

そのあと、二人とも少し、ぎごちなくなった。

わたしは、「秘密」は言いすぎだったと悟り、恥ずかしくなった。彼女のほうも、さほど仲がいいわけでもないクラスメイトにいきなり打ち明け話をされ、「なんで、わたしなんだ」と戸惑ったことだろう。

なんだか盛り上がらないまま、夕方になったので、わたしは帰ることにした。バス停まで送るからと、彼女は一緒に外に出た。自転車を押して。

道すがら、話すことが何もなかった。そもそも、わたしと彼女には接点がまるでなかったのだ。気まずくなったわたしは「ここからは一人で行けるから大丈夫」と、暗に見送りを断った。

彼女は頷き、「ここをまっすぐ行ったら大きな通りに出る。そうしたら、バス停はすぐわかる」と、道を教えた。

「わかった。今日はありがとう」

「また、明日ね」

軽く手を振って、彼女は自転車にまたがり、スカートの裾をひるがえして去っていった。

それだけだ。わたしと彼女が再び、二人だけで話すことは一度もなかった。

その名前も思い出せない彼女が、十年以上の時を経て、夢に出てきた。そして、わたしに道を教えた。

盲目の鍼師によると、わたしの潜在意識が彼女の姿を借りて、メッセージを発したのだぞうだ。

いわく、今、進もうとしている道を行けばいいんだよ――。

あれはちょうど、フリーライターを始めた頃だった。

そうだったのか。でも、夢を見た直後は、メッセージだとわからなかった。

「それじゃ、意味ないんじゃない？」と、わたしは鍼師に言った。すると、彼は答えた。

「でも、あなたはフリーライターを続けてきたでしょう？　それは、潜在意識のメッセージを意識せずに受け取ったということですよ」

なるほどねえ。「そうとも、いえる」って感じだな。

それよりわたしには、彼女が夢に出てきた意味のほうが感慨深かった。

傷跡を「目立たない」と言ってくれた彼女の言葉自体には、さほどの力はなかった。傷跡を「たいしたこと、ない」「気にならない」「だから、気にするな」と慰めるのは、ありきたりだ。常識をわきまえた育ちのいいお嬢さんなら、誰でも同じことを言うだろう。

大事なのは、わたしが自分で傷跡のことを口に出せたことだ。それはわたしが心の奥深くで、ずっと望んでいたことだった。

そのことが、夢の読み取り話をしたおかげで、ようやくわかった。

彼女に打ち明けた瞬間、わたしは傷跡がもたらすネガティブな呪縛から解放された。

そして彼女は、わたしにそれをさせるために神様から派遣されたように、その後ぷっつりと姿を消した。

このまま、行けばいい。

そのメッセージを伝えるキャラクターとして、わたしの潜在意識は彼女を選んだ。

それは、傷跡をカミングアウトしたあのときが人生のターニングポイントだったと、わたしの脳が認識しているということではないか？

同時に、わたしには自分自身を解放する力があらかじめ備わっていることを、そして必要なときにそれを思い出せと伝えるために、あの夢を脳裏に刻み込んだのでは？


傷跡を隠すための不自然な姿勢をやめたら、「それ、どうしたの」と訊かれることもなくなった。腕の内側だから、気づかれにくいのも確かだ。だが、なにより、自分が気にしなくなったのが大きいと思う。

そして今や、わたしは傷跡があることさえ、ほとんど忘れている。気にしなくなったら、存在感まで薄れるみたいだ。この頃では、わざわざ腕をひねって傷跡を眺めてみることが、たびたびある。

そこにあるのを確かめるためだ。傷跡がなかったら、それはわたしの腕ではないから。

目立たない、たいしたことはない、気にならない傷跡だが、今のわたしはそれを「たいしたことはない」と思いたくない。

実に「たいしたこと」だった。わたしは苦しみ、いじけ、恨んだ。そして、乗り越えた。

だから、大切なのだ。


ここまで書いて、わたしは考えている。

付き添い天使がわたしの心が生んだトリックなら、傷跡と何かの関係があるのではないか？

傷跡は、心の葛藤《かっとう》を生む。そして、いつもそばにいて、共に泣き、共に笑うだけの無力な天使は傷跡から生まれる。そんな気がする。

自転車を押して、歩いてきた彼女。あれは、思い余って夢に出てきた付き添い天使ではなかろうか。

あるいは、現実にいたあの日の彼女が、一日だけこの世に姿を現した付き添い天使の仮の姿だったのかも。

傷を負っても、生き延びた。だから、この先も一緒に、行けるところまで行きましょう。

傷跡は、そう言っているのだ。

第四話　二人の恵子

1

小説を書いていて意外と困るのが、登場人物の名前だ。

デビュー作においては暗喩《あんゆ》をしのばせた名付けをしたが、以後はできるだけ普通の名前を心がけている。作中人物とはいえ、どこにでもいる人間でいてほしいからだ。作者としてこだわりがあるとすれば、響きや字面が汚い名前は使わないことくらいかな。

ところが近頃、三十代以下のキャラクターの名付けに編集部から注文がつくことがある。この世代としては、名前のセンスが古すぎるというのだ。

作者というのはエライ人なので脇からの注文に応じる必要はないのだが、読者のことを考える感心な書き手であるわたしは、素直に変更するのである。それだけ、名付けに凝ってないともいえるが。

ともあれ、名前にも時代の流れがあり、流行があるのは確かだ。

たとえば、今やレアものといっていい「～子」も、かつては流行の最先端だった。

子止めの名前が日本の歴史に登場したのは、聖徳太子とか小野妹子とか、あのあたり（ごめんね、アバウトで）。

大昔の皇族や知識階級の男子につけられていた特別な名前なのだが、そこから『枕草子』に出てくる中宮定子のように、やんごとないあたりの姫君に受け継がれていったのは、まあ、高貴つながりなんでしょうね。でも、要は、誰かが男子の名前を女子につけて、発想のユニークさを誇ったんだと思いますよ。で、これはかっこいいというんで、流行した。

けれど、その頃は「こ」ではなく「し」と読んだ。

「子」を「こ」と発音するようになったのは明治後期の誤謬《ごびゅう》であると、ものの本に（ネットで調べたんだけど）ある。

「し」なのに「こ」だと思い込んだのは、「し」と発音するルールを知らなかったから。

つまりは、根っからの上流ならざる成り上がりが「うえつ方の女子はみなさん、子止めの名前でいらっしゃる。ついては、うちも娘が生まれたら子止めの名付けをするように。それが、上流の印なんだから」と言い出したに違いない。かくて、中流以上の娘はこぞって、子止めの名前になった。

するとお嬢様はみんな「〜子」だ、だったら、うちの娘も名前だけでもお嬢様にってんで、猫も杓子《しゃくし》も「〜子」になったのは大正時代らしい。なるほど、大正十三年生まれの母が長女の五人姉妹は、その日暮らしの大工の娘のくせして、みんな「〜子」である。

共に明治生まれの二人の祖母は、父方が「はつ代」、母方が「喜世枝」。「きよえ」ではなく「きよじ」だ。粋筋っぽいが、祖母は寒村の生まれで口減らしで嫁に出されたと言っていたから、田舎の名前なのだろう。

しかし、その娘たちは当時の最先端をゆく子止めの名前をつけられた。その名を呼ぶ母親たちは、ちょっとは気分がよかっただろうか。

平成の今は、アン、アンナ、マリア、エミリ、メイといった外国人みたいな名前が流行っている。子止めが普通だった時代の人間であるわたしは、町中《まちなか》で「アンナ、ウロウロしちゃいけないって、ママ言ってるでしょう！」なる金切り声を聞くと勝手に恥ずかしくなるが、そのうち、そこらじゅうでママを怒らせるエレナやテレサやジュリアにぶつかるのでしょうね。

ちなみに、二〇〇八年に生まれた女子の命名で多かったのは「ユイ」だそうだが、驚いたのはランクインしている「ユナ」である。

ユナと言われてわたしの頭に浮かぶのは「湯女」。江戸時代のソープ嬢の職業名だ。いいのか、そんな名前を娘につけて。ま、ユナで「湯女」を連想する旧世代は、ユナちゃんが大人になる頃は絶滅してるけど。

ついでに言うと、昭和男は「〜男」または「〜夫」が主流。「〜一」も多いが、彼らは長男と決まっていた。おまえは長男なんだぞ、または、男なんだから出世しろというプレッシャーを感じさせるところが、時代である。

平成になると、これらの名前は消えてなくなる。だから、うっかり書くと「古い」と言われてしまうのね。

であるからして、わたしも心して、テレビに出てくるタレントの名前から、今風の名前をひねり出す。

その際、主役級は一応、字面や響きに重きを置いて考えるが、脇役になると投げやりになり、若い女の子ならカ止め名前のオンパレード。だって、実際、多いでしょう？

ユウカ、サヤカ、エリカ、アヤカ、ハルカ。それから、ナナがつくのも多いぞ。

と思っているから、とある短編連作を一冊にまとめた際、続けて読むとナナコとナナカとナナエとナナミが出てきて紛らわしいので考慮していただけないかと版元に丁重に指摘されて、あわてたことがある。いっそナナ尽くしにしたら面白いのだが、そういう作為は、わたしの小説らしくない。

十代の頃、好きだった男の子のお姉さんが「幾世」という名前だった。

淡路島　かよふ千鳥の　なく声に　幾夜寝覚めぬ　須磨の関守

百人一首のひとつであるこの歌からとったというゆかしさに憧れていたので、三十歳のヒロインの名前に採用したら、「今の三十歳っぽくない」と指摘された。そう言われると、わたしが書くキャラクターのイメージともズレがあるのに気がついた。

幾世は古いというより古風で、しっとりとした色気がありますね。おじさん好みの中年恋愛小説に出てきて「イクヨ、きれいだよ」なんぞと囁かれ、着物の裾を乱して「あ、そんな、いけません」かなんか言いそうだ。

で、早速、オで終わる名前に変えました。オ止めの女名前も、今や、多数派なんですってね。

親はみんな一生懸命考えてつけるに決まっているのだが、それでも流行に左右されるのが面白い。おかげで、石を投げればナオに当たり、人通りの真ん中でショウと怒鳴れば半数以上の男子が振り返る事態とあいなる。

ないものねだりも人の常で、古い世代でも止めが「江」や「代」、あるいは「シホ」「ジュン」のように「子」のつかない名前の女性は「〜子」が羨ましかったそうだし、シズコ、カズコなど濁音が入る人は、ミエコとかレイコなどの母音がきれいで憧れたそうだ。

ことほどさように名前とは不思議なもので、自分の意思とは関係なくつけられ、嫌でも一生ついてまわる。だから、自意識盛りの十代になると、センスが古いとか、ありふれているとか、文句をつけたくなってくる人が多いのではないか。

わたしも自分の名前が嫌いで、自己紹介しなければならないときは姓を名乗るだけですませてきた。気に染まない名前は、思春期のわたしを悩ませた自意識と現実とのギャップのシンボルみたいだった。

それは自意識過剰の八つ当たりに過ぎず、名前には子を思う親心がつまっているものなのだと感謝できるのは、うんと歳とってからですね。

まったく、若いというのはロクなもんじゃない。

さて、前ふりが長いが、ここで「恵子」の登場である。

恵子。最近、あまり見ない名前だと思うが、どうだろう。

シンプルだが、恵み多き人生であるようにという親の願いがストレートに伝わってくる。

それに、字面も音もきれいで女らしい。推測だが、「恵子」は長女か一人娘が多いと思われる。

わたしの人生には、二人の恵子がいる。二人とも小学校の同級生で、どちらも恵みとはほど遠い環境の中にいた。

小一のときから閉じこもりがちで友達がいなかったわたしだが、二人のことは鮮明に覚えている。

ここでは、A、Bと区別して語りたい。

恵子Aは五年生のとき、恵子Bは六年生のとき、同じクラスだった。

恵子Aはいじめられっ子。恵子Bは転校生で一学期途中から編入し、三学期にはもういなかった。

記憶に刻まれるインパクト十分なのは、もっともだと思うでしょう？

2

一九六八年に『山谷ブルース』でデビューした途端、フォークの神様と呼ばれて時代を背負った岡林信康の『チューリップのアップリケ』という歌をご存じだろうか。
家を出ていった母親に帰ってきてくれと呼びかける女の子の詩に触れた彼が、それにメロディーをつけたものだという。

チューリップのアップリケ
ついたスカート持って来て
お父ちゃんも時々買うてくれはるけど
うちやっぱりお母ちゃんに買うてほし――

少女の父親は靴の修理屋で、朝早くから夜遅くまで、靴をトントン叩いている。それなのに、家計は苦しい。
少女の母親はやりくり下手を義理親に責められ、耐えかねて出ていったらしい。その口うるさいお祖父《じい》ちゃんが死んだから、もう怒る人はいない。だから帰ってきてと、少女は訴える。

みんな貧乏のせいや　お母ちゃんちっとも悪うない――

これが、あの岡林信康の声で切々と歌われると涙ものである。底辺の声を拾った六〇年代フォークの傑作だが、わたしにとってこの歌が特別なのは、恵子Aの思い出と重なるからだ。

恵子のスカートは、青地に黄色いひまわりの模様が描かれていた。印象が強いのは、それが新品だったからだ。

わたしと恵子が同級だった間、彼女が身につけた当時の言葉で言う「おニュー」の服は、それ一枚きりだった。

恵子は貧乏だった。いつも同じ服を着ていた。さすがに、たまには洗濯して着替えたとは思うが、見た目に大差はなかった。着古しばかり着ていたせいだろう。

恵子がいじめられたのは、クラス一の貧乏人だったからだ。

女の子なのに、青っぱなを垂らしていた。そして、不細工だった。

豚鼻で、目が小さい。頬はあかぎれでひび割れ、おかっぱ頭はベトついていた。勉強もできず、いじけて、おどおどしていた。

いじめるといっても、暴力は振るわない。汚い、臭い、触ったら貧乏が伝染《うつ》ると言葉でいじめるのは男子で、女子は口には出さないが、仲間はずれという形でいじめた。

自分の殻に閉じこもり、誰とも付き合わないわたしだったが、心の中では恵子を差別し、その汚さを蔑《さげす》んでいた。

そんな恵子が、同級生たちを圧倒したことが一度だけ、ある。

五年生の家庭科で、調理実習をしたときのことだ。

味噌汁とサラダくらいの簡単なものだったが、男子は台所仕事などしないのが当然の時代だったし、女子もまだ、包丁や火を使うには幼すぎるとみなされる年頃だったのだろう。授業の目的は、包丁の使い方、出汁《だし》のとり方といった基本中の基本を学ぶことにあった。

子供たちはおっかなびっくり、おぼつかない手つきで大根やネギを切った。

そんな中で恵子は、見事な手つきで大根を千六本に切ってみせたのだ。

トントントン、なんて牧歌的なものではない。スタタタタタと機関銃をぶっ放すようなスピードで、恵子は包丁を操った。

同級生たちはあっけにとられて、恵子がいる炊事台を取り囲み、口を開けて眺めた。

初めて脚光を浴びた恵子の口元は、噛み殺しきれない笑みでほころんでいた。

「慣れてるねえ」

先生に感心され、恵子は「ご飯作るのは、わたしの役目だから」と、小さな声で答えた。

調理実習は、グループに分かれて作り、全員で食べるところで終わる。

恵子のグループは結局、彼女が全作業を行い、配膳した。母親役をやったようなものだが、それが恵子の日常だったのだろう。同級生のできないことをやってのけ、彼女は意気揚々としていたはずだ。

だが、グループメイトたちは面白くなかった。

他のグループは、同じレベルのたどたどしさで互いを笑い合い、ふざけ合った。調理実習は体育の授業と似たところがあって、学ぶというより遊びの要素が強かったのだ。

それなのに、恵子のおかげで楽しめなかった。

先生の合図で両手を合わせ「いただきまーす」と声を揃えて、食べ始めると同時に実習教室は蜂の巣をつついたような騒ぎになった。

「上野が切った胡瓜《きゅうり》、つながっとる」

「おまえの粉ふき芋はベチョベチョじゃあ」

あちこちで笑い声が起き、先生は何度も「静かにしなさい」「口の中にものを入れたまま、しゃべらない！」と、怒鳴らなければならなかった。

だが、恵子のグループは静かだった。

後片づけをすませ、クラスの教室に戻る子供たちの流れから数歩離れて、恵子は一人、うつむいて歩いた。

わたしも一人で窓際を歩いたが、位置取りとしては流れの中にいた。紛れ込んでいたというべきだろう。それが、わたしの孤立の仕方だった。わたしは偏屈で誰とも口をきかなかったが、いじめの対象になったことはない。

それはわたしが、好んで他者を隔てていたからだと思う。

子供たちは、「受け入れられたい」「愛されたい」と渇望する者をいじめる。その種の渇望が、言うに言われぬ苛立ちを誘うからだ。

いじめは近親憎悪の発露だと、わたしは思う。


恵子が新しいスカートをはいてきたのは、学校行事の何かで各クラスから選ばれた数人が講堂のステージに並んで何かをするという日だった。

何かばっかりで恐縮だが、全然覚えていないのだ。わたしの記憶には、照明が当たるステージに並んだ十四、五人ほどの列の端に恵子がいる絵柄しかない。

まっさらの青いスカートは、ものすごく目立った。

その日の朝、恵子が登校してきたときから、彼女のスカートは同級生の目を奪った。

貧乏人の恵子が、新品のきれいなスカートをはいている。それは、とてつもない事件だった。

自分から口をきくことのない恵子だったが、注目を浴び、照れくさそうに、しかし、嬉しそうに口元をほころばせ、スカートの腰のあたりを撫でながら、「似合わんでしょう」と言った。

その日一日、わたしは恵子から目が離せなかった。

恵子はしじゅう、スカートを気にしていた。

上に着ているくたびれたセーターをスカートの下のほうまでひきおろしてみたり（そうすると、ふくらみのあるスカートの裾がはねあがってバレエのチュチュみたいになった）、逆にウエストが見えるところまでたくしあげてみたり、新しい服を身につけた女の子らしい仕草を繰り返した。

それは微笑ましいものであるはずなのに、わたしは不愉快になった。それでいながら、目を離せない。

恵子は授業中もうつむいて、スカートを見たり撫でたり引っ張ったりしていた。

新しい服を買ってもらったのは、何年ぶりなんだろう。嬉しくて仕方ない。その喜びようが、わたしを苛立たせた。

恵子は、その青いスカートを毎日着た。新品は垢じみて汚れ、再び、どこから見ても汚くなった恵子を、同級生たちは安心していじめた。

小学校のクラス替えは二年ごとだから、五年六年は同じ顔ぶれのはずだ。だが、わたしの記憶では、六年生に進級した途端、恵子がいなくなる。

他にもっと印象的な子がいたから、視界に入らなくなったのかもしれない。外の世界に対するわたしの心理的視野は、内角二十度くらいのものだったからね。

だから、わたしの中の彼女は五年生で止まっている。

何がきっかけか忘れたが、母の口から彼女の噂を聞いたのは二十五、六歳の頃だ。

恵子の母親は道端で客を引く売春婦で、恵子も同じ道をたどったらしいと。見た人がいるそうだ。

おそらく、その噂の出所は小学校のＰＴＡだろう。真偽のほどはわからない。だが、小声で囁かれる事柄は、雑草のように地べたに広く根を下ろし、はびこり、抜いても抜いても抜ききれず、定着する。

五年生のＰＴＡで聞いた噂話は、その場で母の頭に植え込まれ、消えない記憶になったのだ。

ともあれ、ほぼ十五年の時を経てそれを聞いたわたしの頭に浮かんだのは、高校時代に読んだドストエフスキー作『罪と罰』の一節だった。

聖なる娼婦ソーニャの父親が、ラスコーリニコフに泣き言を言う。

貧は悪徳ならずというが、洗うがごとき赤貧は悪徳だ――。

当時のわたしは、この言葉に釈然としなかった。

貧乏が悪徳だなんて、よくない考え方だと思った。わたしの思考の基調をなす落語では、長屋の貧乏暮らしこそが人情味豊かなユートピアだからだ。

夫婦で小さな鞄屋を営む我が家は豊かとはいえなかったが、貧乏ではなかった。ドストエフスキーによれば「ただ貧しいというだけで、貧乏のどん底に落ちてはいない」状態だった（著者注・江川卓訳の要約）。

テレビも冷蔵庫も電気炊飯器も洗濯機も、よそより遅れ気味ではあったが、購入できた。三人姉妹の末っ子でおさがりばかり着ていたわたしだが、年に二回は新しい服を姉とお揃いで誂えてもらえた。偏食が激しかったが、食べるものに困ったことはない。月々のお小遣いも、ちゃんともらっていた。

それも今思えば、金儲けは下手だが堅実、別の言葉で言えばケチん坊の父と、金銭に強迫観念を持つ母の懸命なやりくりのおかげなのだが、その母が我が家のオンボロぶりをしょっちゅう嘆くので、わたしは「うちは貧乏なんだ」と思っていた。

そんなわたしだから、わからなかったのだ。

洗うがごとき赤貧は悪であり、罪だ。それは人を蝕《むしば》み、苦しめる。育つ環境を選べない子供は、貧乏な家に生まれ落ちたばっかりに、しなくてもいい苦労をあらかじめ背負わされる。

わたしの中に残る、恵子の不思議なイメージがある。

わたしは彼女の家の前にいる。

家の正面には商店のようなガラスの格子戸がはまっており、中が丸見えだ。しかし、商店ではない証拠にガラス戸ごしに見えている土間は、台所のようだ。中央にテーブルがあり、そこに赤ん坊を背負った恵子がいる。テーブルにかがみ込み、三、四人の小さい子供に取り囲まれて、包丁で何かを刻んでいる。

頭を包む三角巾と割烹着《かっぽうぎ》。それは、調理実習のときに彼女が身につけていたものだ。他の子供たちは、母親が使っていたエプロンを持ってきた。彼女だけが、割烹着だった。煮染めたような色合いだったが、しっくりと身に馴染んでいた。

小学校のときのわたしは、家の半径百メートルから外に出たことがなかった。お呼ばれが嫌いで、三軒先の家の子の名前も知らなかった。

そんなわたしが、そもそもどこに住んでいるかを知らなかった恵子の家をのぞけるはずがない。

作った記憶だ。でも、いつ、なぜ、作ったのだろう。

小六のクラス会には今までに二度出席したが、どちらにも恵子の姿はなかったし、話題にもならなかった。

でも、同級生はみんな、彼女を覚えていると思う。

受け入れられたい、愛されたいと渇望し、はねつけられた者が、結局、みんなの記憶にいつまでも残るのだ。

あの存在感。強烈なインパクト。彼女に比べると、いじめたほうは凡庸で退屈だ。誰の心にも残らない。

恵子は今、幸せだろうか。

いやいや、センチメンタルになってもしょうがない。彼女がどうなろうと、それは彼女の問題だ。

少なくとも、青いスカートを買ってもらった日、恵子は最高に幸せだったはずだ。その後、どんなに高価な物を手に入れたとしても、あの青いスカートほど輝かしくはなかっただろう。

あの真新しいスカートは、本当にピカピカしていた。あれほど新品らしい新品を、五十代後半にさしかかる今に至るまで、わたしは見たことがない。

3

六年生の一学期の途中から編入してきた恵子Bは、並はずれた美少女だった。抜けるように色が白く、頬と唇はピンク色。二重まぶたの瞳と髪は茶色っぽかった。といっても、ハーフの顔立ちではない。容貌の輪郭はあくまでも、日本人形のたおやかさを持っていた。

白い丸襟のブラウスにピンクのカーディガンというお嬢さんお嬢さんした格好がよく似合う彼女は、「途中からですが、よろしくお願いします」と訛《なま》りのない標準語で歯切れよく挨拶し、両手を前に揃えてぺこんと頭を下げた。

物怖じしない堂々とした態度のせいか、彼女は二日目にはもう、クラスの女子では親分格のグループと共に行動していた。

親分格のグループは、成績はそこそこながら性格が明朗活発、かつ勝ち気な女子たちで形成されていた。

成績抜群の女子はおっとりと大人びて、自分では派閥を作らなかった。いるだけで一目置かれ、慕われる。呼びかけなくても、誰かが寄ってくるから、孤立することはない。いわば、君臨すれども統治しない王族だった。

親分格グループは、積極的に行動する仕切りやの集まりだ。明るく、強く、男子と対等に渡り合い、ホームルームでは手をあげて思ったことを口に出す。そのために学級委員やその他の委員をクラス内の相互推薦で決める際には、決まって多くの票を集めた。

教師の受けもよく、信頼され、同級生の母親がこぞって羨ましがる「いい子」たちだ。実は、大人に刷り込まれた正論をふりかざす「いい子ぶりっこ」の側面が大きいのだが、彼女たちが実は性悪で他の生徒を操って誰かを陰険にいじめる、ということはなかった。わたしが子供の頃はみんな単純で、そこまで屈折していない。

彼女たちも、のびのび育った悪気のない少女たちだったと思う。ただ、人によく思われたい一心でついつい出しゃばる、いうなれば生まれながらの「おばさん」だったのだ。だから、おばさんのお節介焼きで、慣れない場所で心細いに違いない転校生に手を差し伸べたのだろう。

友達の要らないわたしではあったが、恵子の美しさに惹きつけられていたので、早くも親分格グループと馴染んで笑い声を立てている彼女との距離を恨めしく思った。

女は嫉妬深いから自分より美しい同性を憎む――と思ったら、大間違いよ。女たちは、きれいな女が大好きだ。

なんなんだろうなあ、あの純粋な憧れは。

きれいな女はそれだけで女王様で、周囲にいる者を自然に臣下にしてしまう。いつの間にか、ひざまずいて崇めたてまつり、どうかしてご寵愛《ちょうあい》をいただきたいという気にさせる。

ところが、きれいな女は何故か往々にして、周囲の好感をわざわざ裏切る行為に及ぶ。

恵子もそうだった。


初日の自己紹介では標準語で礼儀正しい挨拶をやってのけたのに、そこから先の恵子は気に入らないことがあると汚い男言葉を使って相手を罵倒する、かんしゃく持ちの本性を現した。攻撃対象は、たいてい男子だ。

ちょっとからかわれると、きれいな顔が夜叉《やしゃ》になる。

「今、何言うた。もういっぺん、言うてみい。バカにしよったら、承知せんど」

スカートめくりをした男子をどついて、「おまえ、何するんや。ああん？　また、やってみい。しばいたるけん」

普通の女子なら「先生に言うよ」だ。「しばく」は、今の言葉で言えば「ボコボコにする」の広島弁バージョンだが、チンピラ用語で、男子だって使う者はいなかった。

「あれは、やくざみたいじゃ」

男子はあきれ、女子は引いた。親分格グループはもちろん、恵子に目もくれなくなった。お人形のような顔立ちも、口が汚ければ一気に品が下がる。すさんだ空気を発散する恵子は、同級生たちを恐れさせた。

そんな恵子とわたしが一日を共に過ごしたのは何がきっかけだったのか、どうしても思い出せない。

4

恵子と二人で過ごした時間の記憶は、二つある。

ひとつは、逆上がりの練習に付き合ってくれたこと。

運動神経がないわたしは体育が大嫌いで、極力、具合が悪いと嘘をついて休もうと努めたが、痩せっぽちでも虚弱児ではないので、そうそうズルはできない。跳び箱も走り高跳びも走り幅跳びも、とにかく形だけやってみせて、時間が過ぎるのを祈るばかりだった。

しかし、逆上がりは違った。

日本の体育教育における「逆上がり信仰」は、一体いつ、どのように形成されたのだろうか。

今でもときどきテレビのバラエティーショーで、逆上がりのできない子供を元体操選手が特訓して、ついにできるようになるまでの密着ドキュメントを見ることがある。初めてクルリと回れた瞬間をあらゆる角度から何度も（それもスローモーションで）見せ、お約束のように『ロッキー』のテーマを流して感動巨編に仕立てているのだが、たかが逆上がりですよ。日本は小学校で全員逆上がりができるよう教育します、というのは国際的に自慢できることなのか？

逆上がりが簡単にできた友達も、体育教師の「逆上がりさせたい熱」はヘンだと怒っている。できなければできないでいい、というおおらかな思想も必要ではないかというのだ。

とにかく、子供にとっていかに理不尽でも、逆上がりができない者はできるよう練習しろと言われ、次の時間に再挑戦するのを宿命づけられていた。

そして、できない仲間は次々にできるほうに抜けていった。わたしは、どうしてもできない。どうすればあんなことができるのかが、まったくわからないのだ。

頭でっかちのわたしは、身体の使い方を言葉で明晰に教えてもらえばできたはず、と今は思っている。もしかしたら、当時の教師もちゃんとしたアドバイスをしてくれていたのかもしれないが、嫌いな授業には耳を貸さないわたしは何も聞いていなかった。

とにかく、わたしは逆上がりができない最後の一人になった。

放課後の校庭での逆上がりの練習に、なぜ恵子が付き合ってくれたのか。経緯を思い出せないが、恵子が言い出したのは間違いない。

わたしは練習なんかしたくなかったが、恵子からのアプローチが嬉しくて、受けたのだ。恵子は奮闘してくれた。

かがみこんで自分の背中でわたしの身体を持ち上げてみたり、教師がやったようにそばに立って両手でわたしのお尻を押しあげようとしたりを何度も繰り返したが、徒労だった。

そもそも、運動といえば家から学校への道をダラダラ歩くだけ。それ以外は寝っ転がって本を読むことしかせず、箸より重いものを持ったことがないわたしには、鉄棒をつかんで腕力で身体をひきあげるだけでエライことなのである。

わたしはこのときほど、自分が中世ヨーロッパのお姫様でないことを恨めしく思ったことはない。お姫様だったら、お尻を頭のほうに持ち上げて身体を回転させるなどというはしたない行為とは、一生無縁でいられるのに。

わたしは情けなかったが、恵子もあまりの成果のなさに疲れ果て、わたしの横で鮮やかな逆上がりを決めてみせた後、ひょいと鉄棒に腰掛けた。

その姿勢で目を細め、遠くを見る恵子のすべすべした頰や長いまつげが、夕日の残照に映えて光った――かどうかは、不明である。

わたしの記憶では、光っているのだ。確かなのは、鉄棒にもたれたわたしが恵子の横顔に見とれていたことだ。

恵子は本当に、きれいだった。

そのうち、恵子が校門のほうに行く誰かの名前を呼んだ。そして、すらっと鉄棒から飛び降りると、その誰かのほうに向かって駆けていった。

恵子が言い出したことなのに、いきなり放り出され、わたしは傷ついた。

逆上がりができないことにではなく、恵子がわたしに飽きて、見捨てていったのが悲しかった。

そして、わたしは逆上がりができないままだったが、教師もあきらめたので無罪放免となった。

もうひとつの思い出は、彼女の家に招かれたことだ。

何がきっかけだったのだろう。本当に思い出せない。

何度も書いてきたことだが、わたしは友達がいなかったし、そもそも人の家に行くのが嫌いなので、小学校時代、級友の家に「お呼ばれ」や「お泊まり」をした記憶がない。

恵子はもしかしたら、そんなわたしの離れ小島ぶりに気を許したのかもしれない。

なぜなら彼女が住んでいたのは、正確に言うと「家」ではなく、「離れ」だったからだ。

わたしの生家は中心部にあり、小学校だけでなく、駅もデパートも映画館もすべて徒歩圏内にある。そのせいか車に弱く、バスに乗ると三分もしないうちに気持ちが悪くなる。遠足は鬼門で、必ず吐いた。

そんなだから、恵子の家が遠かったら、行かなかったと思う。

「近いけん、来《こ》ん？」と、誘われたような気がする。

恵子が誘ったのは確かだ。わたしのほうから誰かに話しかけるなんて、あり得なかったのだから。

とにかく、ある日の放課後、恵子に連れられて、小学校の裏門から少し歩いた。

わたしは複雑な気持ちだった。恵子と二人だけなのは嬉しいのだが、他人との会話が苦手だから、誰かと一緒にいるのはそれだけでプレッシャーだ。

「ここ」

恵子は立ち止まってわたしを振り返り、一軒の家を指差した。

ブロック塀を巡らせ、門扉がある。一階が店舗で奥や二階に住居がある商店街育ちのわたしは、内と外の区別がはっきりしており、かつ、一見しただけで敷地の広さがうかがわれる「お屋敷」にビビった。

だが、恵子はさっさと門扉を開けて、中に入っていく。

入口からちょっとした空き地を隔てて、屋根付きの渡り廊下がある。その先は、裏庭のようだ。

廊下の左側は木造ながら立派な二階建て家屋、右手に平屋の小さな離れ座敷があり、恵子はそっちにあがった。お屋敷のほうの引き戸は閉まっていた。

今思うと、恵子がわたしを連れて入ったのは裏口、お屋敷にとっては勝手口だったのだろう。

昼過ぎのまだ明るい時間帯だったことを思うと、土曜日の放課後だったようだ。

恵子の「家」は六畳ほどの一間きりで、きれいに片づいていた、というより、持ち物があまりなかった。

押入れと四角い座卓、低いタンスとその上のポータブル・レコードプレイヤーしか覚えていない。

恵子は「ちょっと待っとって」と言い残して、廊下を渡ってお屋敷の引き戸を少し開け、するりと奥に入った。わたしはそれをずっと見ていたのだから、離れの戸は開けたままだったのだろう。やがて恵子は、リボンジュースの瓶と二つのコップを載せたお盆を捧げ持ってきた。そして、ジュースの栓を抜いて、わたしに振る舞ってくれた。

わたしは部屋をジロジロ見回したりしなかった。うつむいて、手持ちぶさたを紛らわせるためにジュースを飲んだ。

おうちの人はどこにいるのか、お父さんは何をしている人なのか、あっちの家とこっちの家はどうなっているのか、そんなこともひと言も訊かなかった。

今なら興味津々なのだが、当時のわたしは他人のことにまったく興味がなかったのだ。

恵子がわたしを誘ったのは、本能的にそれがわかったからではないかと、今は考えている。わたしなら詮索しないし、恵子の家がどんな風か、人にしゃべる心配もない。

恵子はきっと、人恋しかったのだろう。誰もいない小さな離れでぼんやり過ごしたくなくて、道端の石みたいにただそこにいるだけのわたしでもいいから、そばにいてほしかったに違いない。

これで楽しく過ごせればいいのだが、何もしゃべらないのだから、気詰まりになるだけだ。

恵子は、「宝塚、好き?」とわたしに訊いた。

昭和三十年代は、現在のジャニーズ系のような少女向け男性アイドルというものが存在しない時代だった。その代わりに、女の子たちの疑似恋愛の対象になったのが宝塚の男役で、姉たちが貸本屋で借りてくる『女学生の友』のグラビアを毎号のように飾っていた。

姉たちがキャーキャー言っていたから、当時のトップスター那智わたるの名前と顔を知ってはいたが、あの宝塚メイクが苦手のわたしにはどこがいいのかわからない。

しかし、そういうわけで知識はあるから、なんとか話はできた。すると恵子は訳知り顔で「那智さんも素敵じゃけど、やっぱり、寿美花代さんよ。お母さんもわたしも、大好き。レコード持っとるんよ。聞かせたげる」

言うやいなや、勇んでレコードプレイヤーに向かった。赤いソノシートだったように記憶しているが、寿美花代のヒット曲として知られる『幸福を売る人』が流れてきた。ライブ録音らしく、寿美花代が歌の途中でしゃべり、それに対する客の笑い声も収録されていた。そのレコードには宝塚のテーマソング『おお宝塚』が入っていて、恵子は歌詞カードを見ながら歌ってくれたが、リフレインの「TAKARAZUKA、ティーエイケーエイアールエイゼットユーケーエイ」がうまく言えなくて、舌打ちした。

わたしは何か、感想を言うべきだったのだ。でも、言えなかった。ぼーっと聞いていた。反応のないわたしを持て余し、恵子はデパートに行かないかと誘った。

たいていの子供はデパートが好きだが、わたしはダメだ。誕生日に玩具《おもちゃ》売り場に連れていってもらっても早く帰りたくて、欲しくもないミニチュアの『お寿司屋さんセット』を、一番近くにあったからという理由で指差す始末だった。

だから、行きたくなんかなかった。でも、承知したのは、断れなかったからだ。気詰まりなのだが、もう帰ると言えない。自己主張の塊で出しゃばりのただいま現在を思うとこれが生来の気性に違いないのだが、不思議なもので十四歳までのわたしは自分からは何も言えない子供だった。

デパートに行く途中で、繁華街の裏通りに立ち寄った。

そこはいわゆるネオン街で、距離からすると家から近いのだが、場所柄か、家族連れでも行ったことのないところだった。

まだ日は残っていたが夕暮れが近く、あちこちで赤いネオンがともっていた。わたしは怖くて及び腰だったが、恵子は平気でずんずん歩く。そして、いくつもある横丁のひとつに入った。

人間二人分の幅しかない横丁は、間口がこれまた人一人分しかない小さなバーがみっしりと軒を連ねている。そのうらぶれた雰囲気は、パン屋、自転車屋、文房具屋、荒物屋など健全な昼の世界の商店街しか知らないわたしには、まったくの異界だ。

すくんだわたしは恵子についていくことができず、横丁の入口に立ち止まって待った。

似たような店の一軒の前に恵子が立ち、ドアを開けると中から赤っぽい光が漏れた。恵子は誰かと話しているのだが、外開きのドアの陰に隠れて、相手の顔はわからない。でもわたしは、母親だろうと推測した。

恵子は母親にお金をせびったらしい。そのあと、デパートの食堂でわたしにクリームソーダをおごってくれた。本当は何か食べないかと言われたのだが、わたしはご飯は家で食べないと怒られると断った。

といっても、はっきり断ったとは思えない。多分、口の中でグズグズ言ったはずだ。本当は食堂に入るのも拒否したかったのだが、できなかった。ただ、なすすべもなく恵子のあとにくっついてテーブルに着いてしまったのだ。

ものすごく居心地が悪かった。子供だけで食堂にいるのが悪いことをしているようで、いじけてしまう。ウエイトレスは大人がいないのを訝《いぶか》りもせずメニューを出したが、大人に言うのと同じ口調で注文をきくのがわざとらしく、目つきも冷たく思われて、いたたまれなかった。

行きがかり上、仕方なくクリームソーダを頼んだのだが、まわりの目が気になって、飲み終えるまで生きた心地がしなかった。恵子は不機嫌になり、あちこちキョロキョロしながら、アイスクリームを食べた。

表に出るととっぷり暮れていて、そのぶん、デパートの出入口付近の照明が輝きを増した。それは隅々まで白々と明るく、いかにもご家庭向けの「豊かさ」を感じさせる照明だ。引き比べると、闇に滲むようなネオン街の照明は不安感をかきたてた。

恵子は、小学校の裏門までわたしを送ってきた。そこからでないと、わたしが家に帰れなかったからだ。一人でデパートに行ったことがないわたしは、歩いて十分の近さなのに帰り道を知らなかったのだ。

小学校の裏門あたりには商店もなく、すっかり暗かったが、やっと帰れるのでわたしはほっとした。

惹かれていた恵子と二人でいられたのに、ちっとも楽しくなかった。むしろ、苦痛だった。恵子を苛立たせたのがつらかった。

これだから一人でいるほうが楽なのだと、わたしは思ったに違いない。

恵子とは、なんといって別れたのだろう。その後、向かい合って口をきいたことは一度もない。

そして、三学期になる前に、恵子はまた転校していった。

転校の挨拶があったかどうかも覚えていない。わたしの中では夏休み明けの教室にはすでにいなかったことになっている。そして、先生が「――恵子さんは転校されました」と言ったような……。

でも、それはあまりに出来すぎの記憶なので、多分、作ったのだろう。

恵子は突然現れて、突然いなくなった。風の又三郎みたいに。

わたしの中では、そうなのだ。

5

六年のときのクラス会が最初に開かれたのは、中学三年の冬休みと記憶している。その前にもあったかもしれないが、わたしの初参加は十五歳の冬に違いない。極端な人嫌いが改善されて、ようやく普通に他人と口をきけるようになったその年頃でなければ、参加しなかったはずだから。

講堂に椅子を並べて円陣を作った。わたしたちは成長していて、教室の机と椅子には収まらなくなっていたのだ。

男女それぞれ十人ずつくらい来ていた。団塊世代ほどではなかったが、わたしたちもけっこう生徒数は多くて一クラス五十人近くいたから、半分に満たない参加人数は寂しく思われた。

恵子Aをはじめ、貧しさで目立っていた級友はいなかった。優等生も来ておらず、顔を出したのは当時からおばさんだった親分格グループの女子や、成績はよくないが運動場のヒーローだった男子などだったが、全員、身体が大きくなっただけで他にはさほどの変化が見られず、何の感慨も湧かなかった。

だが、大きなサプライズがあった。

恵子Bがいたのだ。

あの頃、肩のあたりで内巻きにカールしていた髪を短く切っていた。それもしゃれっ気のない、美容院ではなく床屋でザックリ切ったとしか思えないボーイッシュなカットだ。そして、制服を着ていた。

日曜日なので、みんな私服を着ていた。中三といえば色気づく頃で、休日のお出かけとなると、わたしでさえ何を着ていくか、前の晩に鏡の前でとっかえひっかえしたものだ。

それなのに、恵子Bは紺色のボックスコートにプリーツスカートというガチガチに堅い制服で「家庭の事情で姓が今は××に変わりました」と、柔らかな笑みをたたえて挨拶した。

わたしは、恵子Bが来ていること自体、意外で、ぽかんと口を開けた。

転校生で短期間しかいなかったし、いい思い出があったとは思えない。それなのに、いる。

ヘアスタイルも着ているものも、女子の中では際だって地味だった。それでも、恵子は相変わらず色白で頬がピンクで、夢のように美しかった。

きちんとした挨拶の口調は六年生の初日と変わらないが、姓が変わったことをきりっと告げる様子とストイックなたたずまいが、恵子の内的成長を思わせた。

でも、美しい恵子を見ると、わたしは以前の離れ小島の子供に戻ってしまった。

恵子が気になるのだが、近づけない。

クラス会は先生を中心にそれなりに話が弾み、かつての教室を見に行き、思い出話や噂話をして、最後に記念写真を撮ろうということになった。

男子の一人が構えるカメラの前で、先生を中心に誰がどのように並ぶか、しばらくゴチャゴチャした。世話焼きの女子たちがああだこうだと差配する中、一番後ろで指示を待つわたしの前に恵子の背中があった。

意識して近づいたわけではない。気がついたら、恵子がわたしの前に流れてきたという案配だった。

恵子だ。

と思ったとき、彼女が思いきったようにくるりと向きを変えて、わたしと正面から向き合った。

お腹のあたりで両手を組み合わせた恵子は、わたしに笑いかけた。花が開くような、雲間から陽が差すような、はっきりとした笑顔だった。それだけで、何も言わなかった。

わたしは心底ぎくっとしたが、口を開けることもできなかった。ただ、じっと恵子を見返した。微笑み返しをしたかどうかも、覚えていない。


勝手口とつながった離れの有様は、いろいろなことを想像させる。

恵子の母親が世話になっていた男の家かと想像したこともあるが、昭和三十年代も後半のご時世に妻妾同居は考えにくい。

親戚の家の居候か、ただの間借りか、どちらにせよ、子供にとってはつらい環境だったに違いない。

それでも、恵子Bは恵子Aと違い、身ぎれいだった。お金をもらいに行った相手はわたしの憶測通り、バー勤めをしていた母親で、子供は恵子B一人のようだったから、娘の着るものくらいは不自由させたくなかったのだろう。

中三で再会したとき、姓が変わっていたのはおそらく母親の再婚で、新しい家族は恵子Bにいい影響をもたらしてくれたと思われる。


見つめ合ったあと、すぐに「撮るぞ。全員、注目」と声がかかった。恵子は再びわたしに背を向け、わたしは同じ列の級友と肩を寄せ合って笑顔を作った。

撮影終了後、集合体はバラけた。わたしは誰かに誘われてトイレに行き（女子は相変わらず、連れだってトイレに行く）、校庭に戻ったときにはもう、恵子の姿はなかった。

クラス会はその後、大学に進学した者が卒業する節目に開かれた。そのときは優等生たちも顔を揃えており、それぞれの変化も大きくて感慨深かったが、恵子はいなかったし話題にものぼらなかった。

あの頃は、それを残念にも思わなかった。なにしろ色気づき盛りだったので、ボーイフレンド候補探しに鵜《う》の目鷹《たか》の目だったのだ。

もし、あのときまた会っていたら、いろいろ話し込んだかもしれない。でも、そんなことを考えてもしょうがない。

十五歳の再会だけで、それから一度も会ってない。これから先も会わずに死ぬだろう。

だからこそ、あの一瞬が輝くのだ。

恵子があの離れに迎え入れた同級生は、おそらく、わたし一人だろう。見られたくない環境だが、わたしには見せた。恵子は誰かに、わかってもらいたかったのだ。

何も言えなかったわたしだが、それでも、あの日わたしがいなければ、恵子はどこかにずり落ちてしまう危険を感じていたのかもしれない。

わたしは、溺れかけた恵子の目の前にたまたまあった流木くらいには、なれたのじゃないか。

今、忘れがたいあの一瞬の彼女を脳裏に浮かべて、そう思う。

あの日、恵子はわたしに会いに来たのだ。

一人も友達がいないと思っていたわたしだが、わたしに会いたがってくれた人がいた。それが恵子であることが、わたしは嬉しくてたまらない。わたしは本当に、恵子の美しさが好きだった。


口に出して言わないと、気持ちは伝わらない。人というのは互いに誤解し合っている。それがわたしの認識だ。

だが、口に出せない気持ちがある。そして、言葉にしなくても通じる絆がある。その時点で意味がわからなくても、心は何かをとらえて脳に刻み込む。いつか思い出して、理解するために。わたしはそのことを、恵子との一瞬から学んだ。

顔一杯に広がる無言の笑みで、恵子が何を伝えてきたか。あのときは、わからなかった。でも、今ならわかる。

恵子はわたしに、十二歳のとき言えなかったことを全身で言ったのだ。

ありがとう——。

恵子B。十五歳のときの凜《りん》とした清潔さがずっと損なわれずにいることを、願わずにいられない。あの美しさは、今もわたしの憧れなのだ。

第五話

心残りはひとつだけ

1

わたしも五十代半ばを過ぎ、おばさんからばあさんへの移行期に入った。

やっと、おばさんと呼ばれることに抵抗がなくなったのになあ。光陰矢のごとし。

しかしながら「いつまでも女でいたいの」「輝いていたいわ」なんて欲をかいたら、行き着く先は整形手術とホルモン注入で永遠に若く「見える」だけの、気持ち悪いプラスチックばばあになるだけじゃない？

シリコンって燃えるのかな。火葬するとき、有害ガス発生しないの？　いろいろ入ってると、遺体というより産業廃棄物に近くなるよね。まあ、生きてる間、それで幸せならいいけどさ。

時の流れには逆らえない。だから、いつまでも女ではいられないし、そうそう輝き続けてもいられない。太陽だって、いつかは燃え尽きるのだ。根が宇宙人のわたしは、そんな宇宙の法則には順化するのが身のためだと知っている。なので、そろそろ、ばあさんと呼ばれる自分に慣れようと心の準備を始めたところだ。

それにはまず、歳をとることのメリットを見つけること。あんまり、ないけど。

肉体の老化は、いいことひとつもなしだ。中高年のみなさん、あきらめましょう。経年疲労はいたしかたない。これからの合い言葉は「しょうがないでしょう。歳なんだから」。力仕事や大変なことは若いもんに任せ、かつ、泣き落としにかけてでも年寄りを労らせましょう。日本は年寄りのほうが人口が多いんだから、この際、数を頼んで圧力団体となり、あらゆる場所にじじばば優先ルールを作らせようではないか。そこで、昔話やら年寄りのひとつ話やらを好きなだけやろう。どうせ、世間のみなさまは人の話なんか聞いてないんだから、遠慮することはない。

いやーねえ、年寄りは。おんなじ話ばっかりして。それ、この間も聞いたわよ。耳にタコですと言ってやりたいけど、可哀想だから黙っててあげる……。若い頃、わたしもこんな風に忌み嫌っていた。

だけどね。歳をとると、前方に見えているのは「死」くらいのものなのよ。で、こればっかりは考えてもしょうがないから、後ろを振り返るしかないのよね。古い記憶ほど鮮明で、いろんなことが見えてくる。その面白さときたら、テレビドラマや映画の比じゃない。なんたって、主役は自分だもんな。

昔話くらい、楽しいものはない。この楽しさは歳をとらないとわかりませんよ。ざまあみろ。

さあ、またやるぞ。年寄りの昔話を。

2

もう、何度も言っていることだが、わたしは暗い子供だった。

誰とも口をきかず、現実が嫌いで、友達は一人もいなかったし、欲しいとも思わなかった。本が友達だったからだ。

本に比べれば、まわりの人間はみんなバカだ。わたしは誰とも打ち解けないことで、賢者の孤高を気取っていたふしがある。

読書する子供は、読み書きの能力において他の子供に先んじる。だから、作文ではいつもほめられた。低学年のときからずっとそうだったから、わたしは自然と「作文ならわたしが一番」の自負を抱くようになった。

そうなると今度は、ただ文章のうまさで目立つだけでは物足りない。視点の違いで、あっと言わせようと企むようになる。

三つ子の魂百まで。わたしをエンターテインメント小説家たらしめている「ウケ狙い」体質は、小学校のときに形成されたのである。

しかし、天狗の鼻をへし折られたことが一度だけ、ある。

昭和三十九年。小学校六年生のとき、近代日本開闢《かいびゃく》以来、最初にして最大のイベント、東京オリンピックが開催された。

東京人にとってはお江戸の面影を破壊した憎むべき暴挙らしいが、地方で生まれた一般日本人には国中を興奮に巻き込んだ、忘れられないお祭りだ。

敗戦国日本に世界中の人が集まるというのが、なんといっても晴れがましい。聖火リレーには今に倍する見物人が集まった。冥土の土産にと最前列にゴザを敷いてちんまり座るおばあちゃんの姿が、市川崑の映画『東京オリンピック』にも記録されている。広島に到着したときは、現実に興味がなかったわたしも県庁まで見に行った。人だかりで、何にも見えなかったが。

オリンピックというものについて、東京で開催されるそのときまで、わたしはまったく意識していなかった。決めつけるが、多くの日本人が似たようなものだったと思う。

長嶋や王がいる野球、大鵬・柏戸の大相撲、そして力道山が火をつけたレスリングなどのプロスポーツは、普及し始めていたテレビの力もあり、大人気を博していた。しかし、オリンピックはアマチュアスポーツの祭典だ。裸足のランナー、アベベや「鬼に金棒、小野に鉄棒」と言われた体操の小野選手、水泳の山中、田中などの名前は知っていたが実際に見たことはなく、従って、何の期待もしていなかった。

ところが、開幕が近づくにつれ、熱気に巻き込まれた。なにしろ国を挙げてのイベントだけに、メディアというメディアがオリンピック一色なのだ。貸本屋から借りてくる雑誌はどれもこれも選手たちの話題ばかり。活字に影響されるわたしは、初めて「東洋の魔女」や背泳ぎの天才田中聡子、全身にサロメチールを塗って走る八〇メートルハードルの依田郁子などのエピソードに触れ、感情移入した。

考えてみれば、アスリートならではの汗と涙のド根性物語ほど感動的で面白いものはない。けれど、体育が鬼門のわたしはスポーツ全体を憎んでおり、そのドラマ性を観客として楽しむ喜びをこのときまで知らなかったのだ。

三波春夫が高らかに歌う『東京五輪音頭』は、各地の盆踊りで採り上げられるだけではなく、小学校の運動会にも使われた。わたしが通った小学校では全校児童参加による大マスゲームとなり、八月の夏休みも返上して練習が行われたほどだ。

ハァー、あの日ローマでながめた月が、今日は都の空照らす。四年たったらまた会いましょとかたい約束、夢じゃない。ヨイショコーリャ、夢じゃない。オリンピックの顔と顔。ソレ、トトントトトントン、顔と顔。

いい歌です。ほんと、懐かしい。でも、当時は恥ずかしかったですね。国際的に見て、音頭というのはいかがなものかと、生意気なわたしは思った。マスゲームも嫌だった。

それでも、オリンピック中継が始まると夢中になった。開会式からテレビにかじりつき、聖火の最終ランナーがあまりにかっこいいので結婚したいと思ったくらいだ。

実際にゲームが始まると、そりゃもう、大騒ぎだ。現実に背を向けた偏屈子供のわたしも、これには降参した。なんたって競技だから、見ていてとても面白い。

リーグ戦であるプロスポーツと違い、一回勝負の非情さがドラマ性に拍車をかける。メダル授与式というものを目にしたのも、あのときが初めてだ。国旗が揚がり国歌が流れるのだから、興奮もいや増すというものだ。あのときは日本中の子供が、頻繁に耳にしたせいで覚えたアメリカ国歌を学校帰りにハミングしたものだ。

国民の大多数が夢中になり、寄るとさわるとその話題で持ちきりになった。回転レシーブだの山下跳びだの、とんでもない技を目の当たりにし、そのために選手たちが重ねた苦労をしのびつつ、老いも若きも心をひとつにして応援するエクスタシーを初めて知った機会といってもいい。

大会終了後、国語の課題としてオリンピックの感想文を書くことになった。

書く前から、わたしは驕《おご》っていた。

さらっと書き流しても、どうせ、わたしが一番だ。

ちょっとは手を抜かないと、あまり目立って絶賛されるのも、かえってめんどくさいしな——などと斜に構えていたのだから、飛んでいってひっぱたいてやりたいくらい憎たらしい。

あのときの大会でもっとも盛り上がったのは、なんといっても「東洋の魔女」、女子バレーの決勝戦だ。あとは、深夜に及ぶ一対一の対決となった棒高跳び。体操の名花チャスラフスカ。柔道のヘーシンクの強さ。

しかし、わたしはみんなが書くだろうトピックは、わざと避けた。もって「人と違う独自の視点を持つユニークなわたし」を見せつけたかった。ユニークであることは、常にわたしの目標だった。自意識過剰のゆえである。

そして、重量挙げで金メダルを取った三宅義信選手について書いた。それも、優勝を期待された彼の肩にのしかかる重圧と、実際のバーベルの重さを重ね合わせたもので、それは週刊誌で読んだ記事のパクリだった。わたしは三宅選手の試合を見てもいなかったのである。

とんでもないイカサマだ。けれど、当時のわたしは平気だった。雑誌で知ったことではあるが、わたしは「プレッシャーとの闘い」というものがこの世にあることを学んだのだから、それについて書いていいんだと自分を正当化した——というのも嘘で、実は、これなら大人にウケると踏んだからだ。

ヤらしいですねえ。でも、怒らないでください。この傲慢には、ちゃんとバチが当たりました。

国語の時間に先生が「これが一等賞」と読み上げたのは、あろうことか、クラス一の劣等生金井くんの作文だった。

彼のテーマは、女子バレー決勝戦。わたしが避けた「ありふれたネタ」である。

内容のほとんどは、宿敵ソ連とのつばぜり合いの実況中継だ。聞きながら、わたしは憮然《ぶぜん》とした。何の技巧もないではないか。わたしは、三宅選手の内面にまで踏み込んだのだ。そっちのほうが上でしょう?

しかし、級友は聞き入った。あの試合の模様は、みんなが見ていた。だから、あのときの興奮を共に思い出せるのだ。

ムッとしながら、わたしも実は引き込まれていた。その証拠に、アナウンサーが「金メダルポイント」と連呼した最終セットに話が至ったところの数行を、いまだに覚えている。『お母さんは見とられんと言って、茶碗を洗いに行った。おばあちゃんが仏壇からお守りを出して、拝んだ。僕も拝んだ』

そして、見事勝利を収めたのを家族全員で見届けた歓喜で締めくくられたのだろうが、それは覚えていない。ただ、わたしはこの数行にやられた。

負けた。

はっきり、言葉にしてそう思ったわけではない。だが感覚として、先生がこれを一等賞にした理由を納得した。

わたしは、三宅選手の重量挙げシーンを見ていないのだ。あとからニュースで見たが、何も感じなかった。だから、わたしの作文は嘘っぱちだ。

金井くんは見たものを書いた。感じたことを書いた。記録せずにはいられない感動だったことが、如実にわかる。

一番後ろの席にいた金井くんは、先生の前まで進み出て、赤くて大きな三重丸がついた作文を受け取った。いがぐり頭まで赤くして、嚙み殺しきれない笑いで口元が奇妙にとがっていた。いたずらで怒られるため以外で彼が前に出るのは、初めてのことだった。それが最後にして唯一だったけれど。

東京オリンピックは、いい思い出だ。国民がこぞって熱狂した。あれほどの興奮は、それが「史上初」だったからだろう。二度目三度目では、あそこまではいかない。経済発展のシンボルともなった「東京オリンピックの夢よ、もう一度」と、それを経験した政治家は思うだろうが、それは無理だ。

情報伝達力がなかったあの時代の我々は、今よりずっと素朴だった。無邪気に興奮し、感動できた。そのことを、金井くんの作為のない作文は教えてくれる。

お母さんは見とられんと言って、茶碗を洗いに行った。おばあちゃんが仏壇からお守りを出して、拝んだ。僕も拝んだ。

その情景が、わたしの目にも浮かぶ。金井くんの家族の心も。「真実」とは、こういうことなのだ。

3

六年生のクラスには着たきり雀の貧乏人が恵子A以外に、もう一人いた。それが、金井くんだ。

小柄だが足が速くて運動会のヒーローだった彼は、現場を見たことはないがおそらく喧嘩も強かったせいで、いじめの対象にならなかった。

わたしの記憶にある彼はいつも、詰め襟に金ボタンの学生服姿だ。そんなもの、普段から着ている男子はいなかった。だが、彼は春と秋と冬、同じ学生服を着ていたように思う。夏はよれよれのランニングシャツに黒の半ズボンだ。

多分、お下がりか古着なのだろう。丈夫が取り柄の学生服も何度も水をくぐったせいで生地が薄くなっており、冬場にはく黒の長ズボンは膝が抜けていた。

いつ見ても、いがぐり頭だった。ちょっとでも伸びると、バリカンで刈られていたのだろうな。青っぱなを垂らし、それを袖で拭く。写真を撮るときは指の先までピンと伸ばした直立不動になる。絵に描いたような昭和三十年代の子供だ。

当時の男子はたしなみとして、女子とは極力接触を持たなかった。女子と口をきくと「女の中に男が一人」と男子にはやし立てられ、女子には「エッチ」といなされる。

そんな風だから、わたしは金井くんと直接口をきいたことが一度しかない。

図画工作の時間で、絵具を使ったあとのことだ。金井くんは当然、まともに絵を描かない。

何をしていたか知らないが、とにかく、顔に絵具が一杯散っていた。彼は図工室前の手洗い場で、顔を洗っていた。わたしはその横で、手を洗った。

まわりに誰もいなかった。そのせいだろう。蛇口に顔を寄せてバシャバシャ洗っていた金井くんが、かがんだ姿勢からわたしを見上げ「もう、とれた？」と訊いた。

わたしは「まだ、ついとる」と答えたが、なぜかそのとき、微笑んでしまった。多分、黄色い絵具が飛び散った顔が面白かったのだろう。

するど金井くんも嬉しそうに笑い、続けてバシャバシャ顔に水をたたきつけた。そして、また訊いた。

「まだ、ついとる？」

「うん」

なんと、彼はこれを繰り返した。

「まだ？」

「うん」

三度やったら、飽きてきた。それでわたしは、「まだ、ついとる」と言い捨てて、その場を立ち去った。

でも、罪悪感が残った。

せっかく楽しそうにしていたのに、冷たくして、悪かった。

その罪悪感はいつまでも残った。そのせいか、わたしは一度だけ、自分から金井くんに声をかけた。

放課後のことだ。

その図工の時間があった日だったか、ずっとあとのことか、よく覚えていない。あとのことではなかったかと思う。行動としては、かなり唐突だったから。

とにかく、わたしは図工や音楽などの専門教室がある新校舎から、校門に向かっていた。何の気なしに振り返ると、新校舎の出入口から金井くんが出てきた。

そのときも、あたりに人がいなかった。わたしは南側の裏門に向かっており、金井くんは反対側の正門を目指していた。わたしは彼の背中に向かって呼んだ。

「金井くん！」

たいした声ではなかったと思うが、大声を出す習慣がなかったわたしとしては、叫んだのだ。そして、振り返った彼に言った。

「さようなら」

登校下校の際は、先生のみならず同級生同士でも挨拶を交わすことと教えられていた。女子同士はやったが、男子はやらなかった。ましてや、女子から男子になんて前代未聞である。

それも、誰とも口をきかないわたしだ。

金井くんはキョトンとした。わたしはたちまち恥ずかしくなり、さっと背を向けた。そのとき、彼の大声が飛んできた。

「さよーなら」

わたしは無視して、歩き続けた。すると、人気《ひとけ》のない校庭中に響き渡るような声で彼は叫んだ。一音ずつ区切って、こんな風に。

「さ・よ・お・な・ら」

挨拶というより、呼びかけだ。わたしはますます身体を硬くし、うつむいて知らん顔を決め込んだ。

金井くんはもう一度、わめいた。

「さ・よ・お・な・ら！」

怒っているようなムキになっているような調子に、わたしはすくんだ。それだけに、今さら振り向けない。わたしは唇を噛み、だが足を速めることはせず、知らないふりで歩き続けた。

「なんじゃ、聞こえんのんか。つんぼ」

金井くんの悪態も、しっかり聞こえた。ふくれっ面で背中を向け、スタスタ歩き去る彼の詰め襟の後ろ姿を、わたしは見たような気がする。実際に振り返って見たのか、心の目で見たのか、今ではわからないが。

小学校時代、友達は一人もいなかったが、同級生のことはわりによく覚えている。好きだった男子だって、いる。

でも、金井くんに対する気持ちはなんなのだろう。

着たきりだった詰め襟の学生服。いがぐり頭。痩せた、小さな身体。それらが示すのは、貧しさだ。恵子A、そして金井くんのように貧しい子供たちが存在そのものから醸し出す「物語」に、わたしは惹かれたのだろうか。

それも確かにあるだろうが、やはり、あの作文のせいだと思う。

金井くんは勉強ができず、やんちゃで乱暴だったが、気性はまっすぐだ。オリンピックの作文にそれが表れている。わたしは自分でも気づかないうちに、彼の素朴でピュアな「男の子」ぶりが気に入ったのだ。

手洗い場で、わたしが笑ったのを喜んだ彼。あれも、男子としてごく普通の反応だったと思う。六年生ともなれば照れが先立って距離を作るけれど、女子と口をきくのは嬉し恥ずかしのときめき体験だったろう。あのときの彼は、ちょっとでもその時間を長引かせたかったのだ。

でも、それを途中で断ち切った。そのことでわたしが抱いたのは罪悪感ではなく、後悔なのだ。

金井くんと、リラックスして笑い合っていたかった。それができなかったのが残念でならない。誰かといるとすぐに疲れてしまう閉鎖的な自分が、情けなかった。女子として、男子と口をきく恥ずかしさに負けたということもあったけどね。

それでも、あの作文がなかったら、わたしが彼のことをそうまで意識するはずがない。あれに触れるまでは、わたしにとって金井くんはただのうっとうしく騒がしいガキでしかなかった。だが、わたしを負かした作文のせいで、彼の存在感が増したのだ。

そして、挨拶をしたはいいが、お返しをまたしても無視したことで、後悔を塗り重ねる羽目になった。

金井くんを手ひどく傷つけたわけではない。彼はおそらく、何も覚えていないだろう（手洗い場の一件だって覚えていないはずだ。会ってないから、知らないけど）。

でも、わたしは心残りだ。なぜなんだろう。

人生の最晩年、父はしきりに少年時代を懐かしんだ。慈しんでくれる父母がいて、幼なじみにして人生最大の親友がいた。その日々への思いを日記に綴り、口にもした。

父を見送ったあと、わたしは思った。人生の中でもっとも還っていきたいところが、双六《すごろく》のあがりなのかもしれない。長く生きてみて、自分のベストワンを見出したとき、その人の人生は完成を見たとみなされ、神様に「ゲーム終了。ご苦労さん」と肩を叩かれるのでは。

だから、母の要介護度がどんどん増して、ついに寝たきりになったとき、わたしは何かというと「昔が懐かしくない？」と尋ねた。

終了が近いかどうか、知るためだ。だが、母は「別に」と、つまらなそうに答えるだけだった。

ところが、わたしのほうは五十を半ば過ぎて、思い出の鮮やかさに圧倒されている。こんなに多くのことをため込んでいるなんて、わたしの脳はエライ！

だが、中味を精査してみれば、脳に記憶を打ち込む楔《くさび》は後悔だ。

人間はバカだから、後悔をひきずることでしか思い出をキープできないのかもしれない。

もっとも、こんな格言がある。

「人生には二つの後悔がある。こうすればよかったという後悔と、こうしなければよかったという後悔」

どちらにしろ、後悔はついてまわる。悔いのない人生を送りたいなんて、傲慢だ。後悔するしかない。後悔して、ひきずって、蒸し返して、そうやって、ほとんどすべての出来事を人間は意識下にしまい込んでいる。

思い出せるだけで幸せなのだと、今のわたしは思う。

生きてきた甲斐がある。わたしの場合、中年になるまでずっと不本意な人生だったから、思い出すたび「あの頃を抜け出せて、よかった」と安堵している。

そのぶん、肉体的衰えに見舞われているから、あっちもこっちも万々歳というわけにはいかないのが人生と、ため息もついているがね。でも、個人的には、懐かしい昔に事欠かない今が好きだ。

二度と若くなりたくない。若返りの秘法なんか、要らない。もう一度あのバカを繰り返すなんて、まっぴらだ。図々しいばあさんになって、若いもんに説教し、老いを嘆き、政府の無策や世間の冷たさに文句垂れつつ、あっちこっちに迷惑かけまくって、のさばりたい。

そして、昔を懐かしみ、それに引き替え、つまらない今生《こんじょう》への未練を捨てて、有り難いお迎えを待つのだ。

こうすればよかった後悔と、しなければよかった後悔。

どちらも取り返しはつかない。人生は一回きりだから、バカボンのパパのように「これでいいのだ」とするのが正しい。このように、すっかり悟っている宇宙人のわたしだが、それでも心残りは消えない。

もし神様が、死ぬ前に後悔の山の中からひとつだけ選んでやり直させてあげると言ってくれたら、わたしは迷わず、あの小学校の放課後を選ぶ。

「さ・よ・お・な・ら！」と叫んだ金井くんを、振り返りたい。そして、手を振りたい。

金井くんはきっと、ぱっと明るい笑顔になって、大きく手を振り返すだろう。

わたしたちは反対方向に向かって歩きながら、何度も振り返って手を振り合うだろう。

そうできたら、校門を出て家に帰るわたしと金井くんの顔には、同じようなくすぐったい笑みがいつまでも残ったはずだ。

あれは、秋だった。校庭の銀杏《いちょう》の木が黄色い葉っぱをたくさん散らしていた。金井くんのくたびれた学生服が白っぽくテラテラ光って、汚れた運動靴の爪先《つまさき》は今にも破れそうだ。ぼろは着ててもこころの錦、どんな花よりきれいだぜ（©星野哲郎先生）。金井くんはまっすぐな、いい子だった。あのとき、わたしは挨拶することで、そんな彼に敬意を表したかったのだ。

でも、勇気がなくて、中途半端に終わらせてしまった。

残念でならないが、金井くんの一等賞の作文を忘れずにいることで、許してもらいたい

（って、誰に許してもらいたいんだろう）。

『おばあちゃんが仏壇からお守りを出して、拝んだ。僕も拝んだ』

あの作文が映し出した心。あれほど美しいものは、滅多にない。

金井くんがあのときのような心根を持ち続けているかどうか、それはわからない。彼は同窓会に一度も来なかった。消息を知る者もいない。

彼は変わってしまったかもしれない。もしかしたら、死んじゃったかも。でも、そんなことはどうでもいい。

わたしは覚えている。いつでも脳裏に呼び出せる。くたびれた学生服を着た、いがぐり頭の少年を。これが、歳をとった頭が起こす魔法だ。

神様はどうせ、記憶修正の機会をくれないから、自分でやる。

あの時に戻り、おおいなる友情と敬意をこめて、金井くんに手を振る。小学生時代に教室で繰り返した、お決まりの言葉を添えて。

さようなら、また明日！

第六話　陽気な骨

1

二〇〇四年、一月二十六日月曜日。晴。

普通に起床する。今日も寒く、わりによい天気だ。シャッターを上げておいて、朝食をとる。京子も起きてくる。商況、今日もさっぱり。昨日曜日、珍しく、婦人客あり。見切り値をつけておいたピース社の手提げ、１９００円を１５００円にした分を今日の売り上げにしておく。店のクーラー代金を娘が支払った。今回は申し訳ないが、娘に払ってもらう。奥のクーラーの取り替え代金がいくらだったか調べたが、いつのことだったかわからず閉口することしきり。確かに老いてきたの事か。

日記にこう記したあと、父はいつも通り、脱いだ服を丁寧にたたみ、着替えの下着とパジャマの用意をして、風呂に入った。湯船につかって両足をゆったり伸ばし、両腕を縁にかけて、目を閉じた。そして、そのまま逝った。

八十七歳だったが、位牌と墓石には享年八十八と記してある。めでたい数字だ。

突然の訃報を聞いたご近所さんは、みんな驚いた。毎日、決まった時間に店を開け、ご近所さんや通勤途中のお馴染みさんと言葉を交わす父は、かくしゃくとしているように見えたからだ。

しかし、日本男子の平均年齢をはるかに超えた高齢である。そのうえ、二十年以上前から心臓の欠陥を抱え、薬を飲み続けていた。

亡くなるまでの二年間は、日中こそ元気に振る舞ったものの、店を閉め一人になると暗い表情で頭を抱えた。

「具合、悪いの」と訊くと、「よくはない」と答える。

どこがどうよくないのか、さらに訊いたところ「全体的に重苦しい」という答えだ。そう言ったあと「まあ、歳ということだろう」と、ちょっと笑ってみせた。

その答えに、わたしも納得した。病院に引っ張っていって、精密検査を受けさせようとは思わなかった。

老いとはすなわち、死に近づくということだ。父もわたしも、忍び寄るものの気配を感じ、びくついていた。

　在宅介護中の母はぼけてもいないし寝たきりでもないが完全な無気力状態で、トイレに起きる以外は二階のベッドに横たわったきりだ。父が死んだら、葬式一切をわたしが取り仕切らねばならない。父は世帯主だから、相続や名義書換などの手続きもたくさんあるだろう。わたしは、葬式に備えて知っておくべきことに類する本を買い、知識を仕入れようとした。姉たちとも、相談をした。

　ところが、いざ、熱い風呂につかりながらチアノーゼで手足を紫にした父を見たとき、心の準備はすべて吹っ飛んだ。

　当たり前だが、親の死に立ち会うのは一回きりの初体験だ。しかも、忙しい。泡を食って救急車を呼び、姉たちに携帯で連絡。そして、病院に駆けつけた次姉と一緒に死亡宣告を受けたと思ったら、すぐに葬儀業者に連絡して遺体の引き取り作業だ。

　突然の死を発見してから、一分の休みもない喪主仕事のオンパレード。悲しむ暇もない。父の遺体と共に帰宅したはずなのだが、そのあたりのことが記憶にない。長姉夫婦と姪が東京からいつ駆けつけたのかも、さだかではない。

　覚えているのは、業者の手であっという間に白い布をかけまわされた居間に横たわる父の遺体の横で、次姉と一緒に通夜と葬式の手はずを決めたことだ。

業者が帰ったあと、線香の番をしながら次姉といろいろ話していると、母がすーっとやってきた。

「お父さんに声かけてあげて」と次姉に言われて、母は父の枕元に立ち「お父さん」と呼びかけた。だが、それだけだった。

すぐに二階のベッドに戻り、通夜にも葬式にも出なかった。長時間座り続けている体力がなかったからだが、もっとも欠けていたのは父を弔う気持ちだった。


風呂の中で動かない父を抱きかかえ、大騒ぎするわたしの声を聞きつけた母は、二階の寝室から下りてきた。そして、こっちをのぞきこむようにして「もう、ダメでしょう」と平静な声で言った。

思えば二〇〇二年、危篤状態から復活したものの意識混濁が続いた母が繰り返し妄想したのは、父の葬式を仕切る場面だった。母は、それを自分がいずれすべきこととして人生計画に書き込んでいたのだ。

だが、生死の境から肉体的な生命力の強さで蘇った母は、代わりに思考力をあの世に持っていかれたらしい。

「何もできなくなったわたしは、この先一体、どうなるんだろう」

それしか頭にない母は、父の死をあっさり受け入れ、そして受け流した。

周囲は、母が父の死にショックを受けると予想した。「お母さんに気をつけてあげて」と、みんなに言われた。だが、母は何も感じなかった。父には可哀想だったが、母の落ち込みを気遣わずにすむのは助かった。

喪主は忙しくて、気を張りっぱなしだ。仏壇や墓の準備もいる。父は死ぬまで店を営業していたから、最後の確定申告と廃業届の提出もある。なにしろ初めてのことだから、考えることが多すぎて、なかなか眠れない。緊張続きで脳が疲れ、ものが二重に見えるという事態に陥り、あわてて駆け込んだ脳神経科で処方された安定剤を飲んだとき、生まれて初めてブラックアウトというのか墜落睡眠というのか、本当に真っ暗な闇に落ち込む睡眠を経験した。

脳に作用する薬って、怖いですね。ともあれ、一日の熟睡でめまいは消えた。睡眠は大事ですよ。そして、食べて眠れば、人間なんとか前に進めるのである。

葬儀の前後はものすごく大変だったが、そのぶん、テンションも上がる。わたしはこの喪主経験を使って、少なくとも三編の短編小説をものした。自分の死が役に立ったと、父もさぞかし喜んでいることだろう。

父は満足して死んだ。父の骨を見たとき、わたしはそれを感じた。

焼き場から出てくる骨を迎えるのは、喪主一人の仕事だ。火葬炉の扉が開くまで、わたしは不安で一杯だった。

実の父とはいえ、骸骨を見るのは気味が悪い。それだけではない。風呂場で死んでいるのを発見したときからわたしは一度も涙を流していないが、今度こそ「こんな姿になって」と悲しみに襲われるかもしれない。そのほうが怖かった。喪失感にとらわれたら、立ち直れないんじゃないか。

どんな形であれ大事な人を喪った経験がないわたしには、すべてが未知だった。

扉は自動で開き、金属製の台がずずっと前に滑り出てきた。棺は燃え落ち、骨だけが見える。

まず目に入ったのは、完全な形で残っている頭蓋骨だった。骨格だけなのに、父の顔が見えた。

顔の造作は骨格で決まるのだと、そのとき知った。だから、美容整形では骨を削るのだな。

整形せずに自前の骨を保った父の顔は、笑っていた。

「やあ、お待たせ。お父さん、こんなになっちゃったよ」

骨は陽気にそう言った。わたしには、聞こえた。わたしは嬉しくなり、自然に笑みを返した。

みんなが待っている骨揚《こつあ》げの部屋まで行く間、台を載せた車を押す係員が「力のある、強い仏だ。こんなにしっかり残っているのは珍しいですよ」と、これまた笑顔でほめてくれた。わたしもニコニコして「最後まで現役だったんですよ。骨粗鬆症《こつそしょうしょう》になってるらしいとは言ってたんですけど、ほんとに立派ですねえ」と自慢した。

姉夫婦と姪、そして親戚が順番に骨揚げし、喉仏を鼻に見立てて、額と顎の骨を組み合わせたら、再び父の顔の縮小版が復元された。それはしゃれこうべではなく、確かに父の顔だった。

骨壺を抱いて帰宅する道すがら、タクシーから見える空は青く輝いていた。その晴天さえも、かなり情緒的になったわたしには父の魂のなせる業に思えた。

父は翌朝出すゴミの準備もしていた。確定申告の下書きもしてあった。風呂で死んだので湯灌《ゆかん》の必要もなかった。保険嫌いのため生命保険はなかったが、押入れの天袋に三百万円の現金が隠してあり、それと香典で自分の葬式費用をまかなった。

家で死にたいという望み通り、それも一番好きな入浴中に、苦しむことなく一瞬で逝った。それは、両足を伸ばし、両手をバスタブの縁にかけ、目を閉じた姿勢が微動だにしていなかったことからわかる。苦しんだなら、もがいて脇に倒れ込むか、底に沈むか、していただろう。

日記を書き、すべきことを全部して逝った父の死にようは、ご近所さんの尊敬と羨望《せんぼう》を集めた。実際、ゆったりと風呂につかった姿には威厳さえ漂っていた。

生きているうちは、威厳など小指の先ほどもない、情けない父だったのに。

2

父は、ケツの穴の小さい人間だった。

トイレを使うと、風呂の残り湯で流す。水道代を節約するためだ。月々の光熱費を細かくチェックし、少しでも料金が増えていると、母にもトイレのタンク使用を控えるように言う。貯蓄が趣味の母ではあるが、その種のいじましさには眉をひそめた。「そんなことで蔵が建つわけじゃなし」と皮肉を言い、従わなかった。

父は財布から金が出ていくのが嫌な、ケチん坊だった。だから、生命保険にも加入しなかった。自分が死んだあとの家族の生活を保障する金という概念を理解できないのだ。そんなことより、掛け捨てのもったいなさに耐えられない。

このことから、母は「お父さんはわたしたちのことを考えてくれない人だ」と、父に対して強い不信感を抱いた。しかし、父は母の気持ちを斟酌しなかった。

そんな風に身勝手で尊大な父が「何もできない、情けない男だ」と家族の前で涙ながらに自嘲したのは、一九九五年のことだ。

　あの年は一月に阪神・淡路大震災、三月に地下鉄サリン事件が起こり、日本中が暗い気分に覆われた。バブル崩壊による不景気に拍車がかかり、父の日記には『商況さっぱり』『ゼロ』『完敗』の文字が続く。

　時代に合わせて、商店街のご近所さんは次々と店構えを近代化させたり、テナントビルに建て替えたりしていった。母は、ちっとも動こうとしない父にじれた。だが、父には母のあせりがわからない。古い貧乏くさい店でも客は来る。それで、いいではないか。

　だが、九五年の不景気は、七十九歳にして初めて、父に先行きの不安を植え付けた。商店街発祥以来のご近所さんが二軒、立て続けに店を閉め、土地を売って出ていった。他人事ではないと昨年度の帳簿と比べてみたら、収入がガタ落ちしていた。

　悪いことは重なるもので、その年の五月に父が兄貴と慕っていた従兄が病死した。ガンで死期を予告されていたが、父は回復を神頼みしていたのだ。

　その従兄はすぐ上の兄と共に、戦後すぐに広島に来て鞄屋を開業した。父は彼らを頼って広島に移住し、手ほどきされて自分も鞄屋になった。

母は長女でせっかち。「なんとかしなければ」と具体的目標を設定して行動するとき、もっとも充実するファイターだ。対して、五人きょうだいの末っ子で兄や姉にかばわれるのに慣れていた父は、受け身で人に倣《なら》ってやっていければそれでいい呑気者。

父が母のパワーを認め、母を先頭に立てればベストカップルになれた組み合わせのはずだ。しかし、二人とも大正生まれで、男尊女卑の価値観を刷り込まれている。「男は女よりエライ」「妻は夫に従うもの」と無邪気に信じる父にとって、ついていく目当ては従兄だった。ファイターとはいえ、父親に可愛がられた長女から嫁に移行した母も、たった一人で闘った経験がない。庇護される安心感と引き替えに、不本意ながらも父の顔色を窺《うかが》う習慣に縛られた。

二人の気持ちは、最初から嚙み合わない。そのことに苦しんだのは、母だけだった。

だが、呑気者を支えていた頼りの兄貴が死んだのだ。マイナス要因は束になって父に襲いかかり、一気にうつ状態に落とし込んだ。

もう、店をやっていく自信がない。だからといって、どうすればいいかもわからない。父に弱さをさらけ出された母は、ためこんでいた思いをぶつけた。

我が家は開業してから一切変化なしだが、ご近所はビルを建ててテナント貸しをしたり、駐車場にしたり、土地を売却してマンションに移り、年金暮らしに落ち着いている人もいた。

母はそれぞれの話を聞き、自分だったらどうしたいかを考えるのが癖だった。「ここではない、どこか」を夢見るのは、生まれ持った母の病のようなものだった。

　町内の奥さん仲間とのおしゃべりで頻繁に情報収集している母は、いっそ店を閉めて駐車場にしたほうが安定した収入が見込めるとか、あるいは廃業して土地売却して隠居暮らしという手もあるとも言った。そうすれば、客が来ないストレスからは解放される。

　父はあっさり、土地売却に同意した。新しく何かをする気になれなかった、というより、生来その種の気概がない。

　父の希望は、永遠の現状維持だった。でも、そうはいかないのなら、もう、どうでもいい。

そこで、隣の土地の売買を扱った不動産屋に下駄を預けたが、土地バブル崩壊後の時期にウナギの寝床状の狭い土地は買い手がつかない。足元を見て、値下げするなら買ってもいいという買い手がいくつかあった。不動産屋が隣の土地を買った地主に持ちかけると、裏庭の部分だけなら買うと言ってきた。

　一方、亡くなった従兄の息子が土地を売ることに反対した。いまだ健在の年かさの従兄も反対だ。娘たちは「お父さんとお母さんのしたいようにして」としか言わない。当時、東京でフリーライターをしていたわたしも、不況のあおりを食らって貧乏暮らしだったが、実家の土地があることの有り難さがわかっていなかった。むしろ、土地を守るために家に帰れと言われるのを恐れていた。責任を負いたくなかったのだ。勝手なものである。

あれこれ考えて夜も眠れない日々が続いたが、父も母も買い叩かれることには反発を覚えた。どうしても売却したい切羽詰まった事情があるわけではないのだ。こうして、売買の話が宙に浮いたまま、年を越した。

九五年が悪い年だったらしい。九六年になると、父の気分は少し持ち直した。

土地を売る、つまりは過去を捨てるのだと捨て鉢になった父と母は、古い手紙や書類や日記を少しずつ火にくべていたが、あるとき、自分の古い日記を読んだ母が『景気が悪くて店を持ちこたえられるかどうか不安だ』と、十年前も書いていると指摘した。

でも、なんとか、やってこられた。お父さんはもう歳だと言うが、わたしはお父さんより若い。貯金が約一千万円あるから、これを使えば店をきれいにできる。お父さんが承知してくれたら、わたしは店を続けたい――。

父は驚き、母の強さに感心した。母の決意を聞いた娘たちは「できたら、土地を売ってほしくはない」と身勝手な本音を漏らす。

父は、ある意味、ほっとした。母の強さを認識し、母の言う通りにしようと決めた。つまり、頼りにする相手を従兄から母に振り替えたのだ。そして、あっという間にうつを脱し、以前の呑気者に戻った。

店の改築は母のプランであり、母の夢だ。父には元々どうでもいいことであり、どこをどうするとか相談されても言うことがなかった。父には何のイメージもないからだ。母に相談されると、「おまえの好きにしろ」と父は答えた。業者が打ち合わせに来ると、母と二人きりにして自分は奥に引っ込んだ。

関心がなかったから。それだけだ。「おまえがしたいようにしろ」。それが父の協力のしかただった。しかし、この態度が母の神経を逆撫でした。

母は、父が母の独断専行に腹を立てていると思い込んだ。父の無関心は、「妻は夫に従うもの」という価値観から自由になれない母にとって、懲罰に等しかった。

それに、貯金をはたくのだ。「お父さんより若い」と啖呵を切ったが、母は七十を超していた。長年の夢を叶える代わりに、蓄えが消える。しかも、この歳でだ。目標に向かって前進したい気の強さと失敗を恐れる完全主義が同居する母の心に、人生最大の賭けに手をつけてしまったことへの大きな恐れが生じた。

このときこそ、父からの励ましが必要だった。「おまえの決断を支持するから、どんなことになっても頑張ってやっていこう」と力づけてほしかったのだ。

だが父は、何も言わなかった。言う必要も感じなかった。「したいようにさせているのだから、それで十分だろう」と、どこかいじける気持ちもあったのだろう。それに、改築を決めてからというもの、毎日業者がやってきて、どんどん話を進めていく。その速さも、古い家を土台から動かす大がかりぶりも、ケツの穴の小さい父にはとてもついていけないものだった。

手に負えないことがあると、父は不機嫌の殻に閉じこもる。希望と同量の不安を、母は一人で抱え込まなければならなかった。

父の思いやりのなさが母を傷つけたのは、それだけにとどまらない。

家のほとんどを取り壊すと決まったことだし、もう使わないミシンを粗大ゴミの日に出そうと、父が言い出した。世間知らずの父は、不用なものは取り壊しのときに業者が処分してくれるということを知らなかったのだ。

外に運ぶのを、母に手伝わせた。なんでも二人でしてきたからだ。だが、古い足踏み式のミシンは重く、なんとか運び出したが、骨粗鬆症が進んでいた母の骨を傷《いた》めた。

ほどなく、トイレで母が転び、立てなくなった。近くの外科に行くと、足首の捻挫以外に背骨の圧迫骨折も認められ、一カ月の入院が必要になった。

退院したあとも、痛みに弱いうえにせっかちの母は処方された痛み止めを指示を無視して服用し、そのせいで薬物性の胃潰瘍を起こした。

食事をとれず、従って動きもとれない母を、次姉がマンションに引き取って世話した。結局、改築工事から完成まで立ち会ったのは父だ。

夢が叶うというのは、夢を失うことでもある。新装なった店と住まいにご近所さんが次々と訪れ、お祝いを言ってくれる。それに応対するとき、母は誇らしさと喜びに浸ったが、それは長く続かない。

母のもうひとつの夢は、きれいな店に次から次へと客が来ることだった。だが、見た目が新しくなったくらいで客が増えるわけはない。貯金を吐き出して、お寒い収入。これでは割に合わない。

それでも、住居は資産だ。蓄えが泡と消えたわけではない。母を落ち込ませたのは、目標の消失だった。母は前進していないと気がすまない人だ。だが、これ以上の前進を老いが阻んだ。

生まれて初めて「したいようにした」後の母をとらえたのは、骨がつぶれて丸くなった背中のみっともなさだった。

母は食欲をなくし、めっきり痩せた。笑顔も消えた。それでもなんとか自分を駆り立てて、日々の暮らしを続けた。気晴らしをすべく、町内の奥さん仲間と盛んに旅行にも出かけた。父は、母が建て替えた店で留守番をした。

母が完全なうつに陥ったのは、末娘のわたしが小説家デビューを果たした一九九九年だ。

四十半ばを過ぎても人生行路がはっきりしないわたしを心配し、「自分が守ってやらねば」の気概をエネルギーに替えていたのに、その必要がなくなった。

母はわたしに言った。

「小説家なんて、お母さんには想像もできない世界だ。アドバイスしてあげられることが何にもない。だから、あんたの成功を喜べないのよ。ごめんね」

父は単純に喜んでくれた。年かさの従兄、わたしにとっては親戚の長老のおじさんが、「おまえは親を喜ばせた」と一万円也のご祝儀をくれるのを嬉しそうに眺めた。小説の掲載誌が送られてくると、わたしに見せる前に読んでしまうので、次姉に「本人に見せるのが先」と注意されていた。

一度だけ、恥ずかしそうに「なかなか面白いじゃないか」と言ってくれたが、お互い照れてしまって、それからは何も言わなくなった。だが、二〇〇一年に処女小説『素晴らしい一日』が出たときは、紀伊國屋まで足を運んで買ってくれた。

母は、わたしの本を手に取ることもなかった。わたしのだけでなく、文字を読むということをまったくしなくなった。テレビも見ない。人の顔すら、見ない。『京子の笑顔が見たい』と、父は日記に書いた。

二〇〇二年の六月一日から三日まで、父の日記は日付があるだけで空白だ。このとき、家族は危篤の母に付き添っていた。「苦労ばかりかけてきた俺より先に死んでくれるな」と、父は母の枕元で泣いた。

母は蘇り、父は足かけ二年、母の介護をした。

父は母が大好きだった。母と力を合わせてやっていくことだけが望みだった。家の改築のときも『京子の夢が叶うように』と日記に書いてある。父の失敗は、それを口に出して母を労らなかったことだ。自分さえよければそれでいい父は、人に評価されることを求める母の心情を理解できなかった。

無理解という父の罪を、母は許さなかった。だが父は、つぐなったのだ。

父は毎朝、神棚にご飯とお茶をあげて、長いこと祈った。店を閉めるとき、必ず直立不動で東を向き、丁寧に頭を下げた。正月には市内の主立った神社を巡って初詣のはしごをし、盆には親戚や知り合いすべての墓参りをした。そこでひたすら、亡き者の菩提《ぼだい》を弔い、家族の健康と幸せを祈った。

母が何もできなくなってから四年余り、父が店番と近所付き合いを一人でこなした。そのおかげで、ご近所さんとの絆が深くなった。

父の通夜は自宅で行った。一月の寒い中、ご近所さんはこぞって狭い店に詰めかけ、立ったままで弔いをしてくれた。通勤途中に挨拶するのが習慣だったという、わたしたちがまったく見知らぬ青年が来て、「いつもニコニコしていたおじいさん」の死に顔を撫で、滂沱の涙を流してくれた。

晩年の父の写真は、どれも満面の笑みだ。中年までは、こんな風に笑わなかった。カメラを向けると、気取った作り笑顔をしたものだ。

だが、おじいさんになってからは違った。年老いて、気持ちが落ち込みがちになる。だが、人と接するときはせめて明るく笑顔でいよう——と日記に書いてある。父はそれを実行したのだ。

笑顔の父は、みんなに愛された。神様にも愛された。だから、あんな理想的な逝き方ができたのだと、わたしは思う。

葬式をすませ、母を二階で寝かせ、一人になった夜、わたしは風呂に入った。

父が死んでいるのを見て以来、初めての風呂だ。

どんな気持ちになるか少し怖かったが、父と同じ姿勢でバスタブにもたれ、両足を伸ばして天井を見上げると、自然と笑みがこぼれた。

まるで、そこに残っている父の抜け殻に滑り込んで、追体験しているみたいだった。

天井のあたりが、キラキラ輝いている。ずっと続いていた重苦しさから、完全に解放された。光に包まれ、自分を呼ぶ懐かしい声がいくつも聞こえる。晩年、恋しくてならなかった両親や親友が迎えに来てくれた……。

なんて書いてはいるが、わたしは霊能者ではない。そんなイメージを見たわけではない。

ただ、やたらと愉快で、頭にこんな言葉が浮かんだのだ。

それがどんな風に来るのか怖かったけど、うまくいったよ。

うん。やったね、お父さん。最高じゃん。よかったよかった。

ほんとに、よかった。

第七話　天国への階段

1

母は首から上をのけぞらせるように大きく動かし、酸素マスクの中の空気を吸い込んでいる。ときどき、カッと目を見開く。力強い動きで、とても臨終間近とは思えない。しかし、これがカウントダウンの始まりなのだ。

呼吸を助ける横隔膜の動きが止まる。すると、人体は顎をガクガク動かして空気を取り込む。しかし、やがて顎を動かす力も尽きる。そうすると息ができなくなるので、すーっと心拍数が落ちて、止まる——それが、臨終のプロセスなのだと説明してくれたのは、午前三時半に電話をくれた当直医だった。

夜中の電話は不吉な知らせと相場が決まっている。だから、母の具合が悪くなった二〇〇二年に、家族の間でこれからは深夜に電話をかけるのはやめようと決めた。

用事があれば、メールですませる。ドキッとさせられるのは、一回でたくさんだ。

母はそれから足かけ八年というもの、何度も危篤の縁まで行った。それはいつも日中のことで、そのたびに復活し、家族は安堵と疲労を同時に味わった。

だから、初めての夜中の電話には「ついに」感があったが、話の内容はまさに、それだった。


母はけいれんを起こし、血圧も低下した。薬を使おうにも、もう点滴が入らないという。「すぐ、そちらに行ったほうがいいでしょうか」と、わたしは訊いた。医者は朝になってからでもいいと思うが、断言はできないと答えた。何が起きるかわからないので、一応覚悟しておいてくださいと。

そりゃ、そう言うわな。

受話器を置いたわたしは迷うことなく、出かけるのは朝になってからと決めた。

母は三カ月前から棺桶に足を半分突っ込んだ状態だった。つまり、家族は三カ月間「今か今か」の緊張を強いられてきたのだ。

今さら、あわてふためきたくない。二人の姉に知らせ、すぐには出かけず朝一番の電車まで待つことについても話し合った。

「たった今、息を引き取られました」という電話を受けることになっても、いいよね。仕方ないよ。

みんな、母の容態に振り回され続けた。罪悪感は覚えたが、これが本当の最期なのか、信じきれない。それでいて、ついに母の死を見届けなければならない憂鬱が肩にのしかかる。

誰もが経験することとはいえ、しんどいものですねえ。人の死を見送る重苦しさに比べたら、自分が死ぬほうがよっぽど楽だとさえ思う。

喪服を出し、携帯に登録した葬儀業者と寺の電話番号を確認し、看取ったあとにすべきことのリストを作った。少し眠ろうと思ったがやはり無理で、新聞を読み、トーストをコーヒーで流し込んで、化粧もちゃんとした。

わたしは日光アレルギーなので、外に出るなら日焼け止めは不可欠だ。死にゆく母より、生きている自分のケアが大事である。そんな風に落ち着き払っていられるのも、準備期間が長かったおかげだ。

そんなこんなで、家を出たのは六時だった。

病院に着いたのは午前七時。母はまだ、力一杯呼吸していた。

電話をくれた当直医が、早速挨拶に来た。医者まで年寄りばかりの病院においては画期的に若い彼は、わたしを廊下に連れ出して死に至るプロセスについて説明したあと、「もう何もできません。申し訳ありません」と深く頭を下げた。

「年寄りが弱くなるのは仕方ないのに、医者に何か期待されても困る」とか「お母さんは、もう時間の問題だね」みたいなことを平気で言う、よその病院の医者を何人か見てきたわたしには、彼の態度が有り難かった。

お礼を言って病室に戻ると、看護師がやってきて、点滴スタンドと酸素飽和度を測るために指先につけていた機器をはずした。

酸素マスクとバイタルモニターだけになった母は、規則正しい大きなテンポで顎を動かし続ける。右目は閉じているが、左目は薄く開いていた。

何が起きるかわからないので、ベッドサイドから離れられない。そのことに息苦しさを感じたとき、母がカッと両目を開けた。天井あたりに迫り来るものを睨みつけるような厳しい表情だ。

ぞっとした。まだ、抵抗している。お母さん、いい加減にして——。

うんざりした途端、今度はすーっと目を閉じた。観念したか、ついに逝くのかと身を乗り出したが、力強い顎呼吸は止まらない。

時間の問題とわかっていても、定時に介護士がおむつ替えにやってくる。二人がかりで身体を動かされるたびに、恐怖に引きつった顔で手近な介護士の腕をつかんだ。

この世にしがみついている。そうとしか見えず、疲れた。

ひとっ飛びで彼岸に渡った父と大違いだ。寝ているうちにすーっと逝きたいと言っていたのに、母の潜在意識はやはり、未知なる「死」への恐怖に支配されている。

その後も、両目を開けては閉じるというのを繰り返した。顎を動かすと同時に唇をすぼめて深呼吸の形も作っている。呼吸にはミニマル・ミュージックのような規則性があり、見つめていると眠くなった。お腹もすいた。

あっちは死にかけてるけど、こっちは生きてるんだよ。だから、食べさせて。眠らせて。わたしの生命力が、そう要求していた。

昼近くにやってきた二人の姉が、サンドイッチと飲み物を持ってきてくれた。結局、午前三時半の連絡から一睡もできなかった娘たちは、三人揃ってゲッソリし、空腹でもあったのだ。

規則正しい顎呼吸を続ける母の横で、姉たちとサンドイッチを食べた。空腹なのに、胃に入る前に胸に詰まる感じで食べにくい。厄介な状態だ。こっちが病気になりそうだ。

もしかしたら、また復活するんじゃない？

わたしたちは囁き合って、笑った。母の死はすでに、悲愴なものではなくなっていた。

2

二〇〇八年二月下旬にあちらにいきかけて戻ってきた母は、すごく怒っていた。興奮状態でしゃべり続けるので、少しだけ安定剤を処方してもらったらコトンと眠って、そのまま二日は眠り続けた。

起きないので、栄養点滴を施された。母の血管はもろく、点滴がすぐに漏れてしまう。点滴自体、心臓に負担をかけるので長くは続けられないと担当医に聞かされていたから、覚醒して自力で食事をとれるようになるかどうか、またハラハラさせられた。

だが、三日目には目を醒まし、食事はとるもののそれ以外はぼんやり過ごす、枯れ木ばあさんの状態に戻った。

いつものパターンだ。この人ったら、どこまで強いんだ——とうんざりしたが、三月に入ると意外なことが起きた。

病室に入ってきたわたしの顔を見ると、すぐにニコーッと笑って、お椀型に合わせた両手を差し出したのだ。

何かを渡したいらしい。わたしは母と同じように両手でお椀を作って、受け止める姿勢をとった。すると、そこに何かを流し込む。

なんなんだ？

「これ、どうするの？」

「そこのボウルに入れて」

笑顔でわたしの後方を目で指し示す。なんだかわからないが、わたしはやや身体をひねって、多分そこにあるボウルに向けて、合わせた手のひらをほどいた。

「それから、卵を入れて」

卵？　わたしはキョトンとした。すると母は、いかにもおかしそうにクスクス笑った。

「ほんとにあんたは、卵も割らないんだから」

そうか。料理をしてるのね。で、わたしに手伝わせてるんだ。

母はなおも、肉とパン粉がどうとか言っている。

「焼きカツ、作るの？」

「そうよ」

肉が苦手の母が考案した焼きカツは、牛ヒレ肉をぺったんこになるまで叩いて薄くし、少量の油でこんがり焼くというもので、いうなればシュニッツェルだ。そして、母の焼きカツは、子供のときからのわたしの好物なのだった。母は、わたしにその作り方を教えようとしている。その証拠に、おおらかに微笑んで、こう言った。

「やらないと、覚えないでしょう？」

わたしは啞然とした。そして、嬉しくなった。

陽気な母と話すのは、十年ぶりだ。

うつに陥り、まったく笑わなくなって八年が経つ。けれど振り返ってみれば、その前から生来の陽気さは失われていた。明るくあろうと努力していたのだ。家族の誰も、そのことに気付かなかったが。

母は台所に立つのが好きだった。心配事を抱えるのが第二の天性になっていたが、料理を作っているときは無心になれるからだろう。

知り合いが釣った魚を持ってくれれば、すぐにさばいた。春と秋のお彼岸には決まって貝柱と小海老と椎茸入りのばら寿司を大量に作り、親戚やご近所に配って歩いた。東京の下町育ちらしく、もんじゃが好きで、急に食べたくなったといってはフライパンに向かった。

でも、自分だけ食べるのはつまらないらしい。

「もんじゃ作るけど、食べる？」と、いつも訊いた。家族の答えはいつも、「食べる！」だった。

母は食いしん坊で、何か作っては家族に食べさせるのを喜ぶ、母親らしい人だった。そんな、わたしたちに一番馴染み深いお母さんが戻ってきたのだ。

焼きカツ作りは、いつの間にかほったらかしになった。わたしはベッドの横に座り、母の好きだった食べ物について話題を振った。

母は粉ものとタマネギとミョウガとナスが好きだ。自宅で介護していたとき、ずっと食欲はなかったが、それでも何が食べたいか訊くと「ミョウガとナスが入ったおすいとん」と答えたものだ。とりわけ、ナス。

「ナスは煮ても焼いてもおいしいねえ」

ベッドに横たわったまま、母は夢見るように言った。

だが、母は入院中であることも認識していた。さっきまで幻想の台所で料理をしていたのに、わたしと話しているうちに、祖父母が来たと言い出した。

「お母さんにはばら寿司を作って出したんだけど、ほら、男に肩を切られて入院しちゃったから、お父さんには、あんたに頼んでタマネギと卵の焼き飯作ってもらった」

「ああ、そう。おばあちゃんとおじいちゃんで、差がついちゃったねえ」

「うん。でも喜んで東京に帰ったから、よかった」

なんだか、頭の中でストーリーができているようだ。男に肩を切られたとは物騒だが、その妄想の原因は母の枕元でつけっぱなしにされているテレビにあるようだ。ニュースなどで流れる音声が耳から脳に伝わって、情報操作をしたのだろう。

見知らぬ男にいきなり切りつけられたというショッキングな出来事を、怖がりだった母がこともなげに話すのがおかしかった。

「切られたとこ、まだ痛い？」

「寝返り打つときに、ちょっとね」

それは、前から言っていることだ。痛い箇所は腰だし、痛みの原因は骨粗鬆症による圧迫骨折だ。でも、母の中では現実の痛みと、男に切りつけられた妄想が結びついている。脳は、ばらばらのイメージを統合するに余念がないのだね。

母によると、入院したのは二週間くらい前だそうだ。

「まだ足腰が不安だから、もう少し入院してないといけないのよ」

「病院にいるほうが安心は安心よね」

「そうね」

病院嫌いだったのに、へんに落ち着いている。

しかも、かなり品のいい標準語だ。だが、のほほんと温かい安定した精神が感じられて、わたしは本当に久しぶりに嬉しかった。

自分で自分を追い詰め、焦燥と怒りと自責の堂々巡りに閉じ込められていた間が長かっただけに、ゆったりした母といるのはそれだけで大きな慰安だった。

翌日、次姉が見舞いに行ったときもこの状態は続いており、そのときは混ぜご飯を作っていたらしい。そして、結婚している次姉に、主婦の苦労をねぎらう言葉を言ったという。

わたしに焼きカツの作り方を教えようとし、次姉を励ましている。

恨みや怒りを洗い流したのだ。悟りの境地だ。こりゃ、本当に天国に近づいたかも……。

わたしは東京にいる長姉と姪に、今のうちに会っておいたほうがいいのではと呼びかけた。

だが、二人が来たとき、母は睡眠期間に移行し、目覚めたとしてもぼんやりしているだけで、何も話さない枯れ木ばあさんに戻った。そして、三月が終わり、四月も淡々と過ぎた。

また、はぐらかされたかな。

悟りの境地に至ったと思ったけど、今度目覚めたときは、また怒っているかもしれない。

わたしは、それを恐れた。

母には、自分の人生を肯定してもらいたい。不満や怒りを抱いたまま死なれたら、残された者の立つ瀬がない。それ以上に、煩悩にとらわれている限りは、苦しみの中で生き続けねばならないのではという危惧が大きかった。

「なかなか死ねないねえ」と、母はよくボヤいた。見舞いに行ったわたしと母は、同じ苦笑いを浮かべるしかなかった。生きているのを喜べないのは、つらいことだった。

母が「悟りの境地」っぽくなったときは、以前にもあった。

夢でも見たことがなく思い出しもしないと言っていた父のことを「考えるようになった」と言い出したのは、二〇〇七年の秋のことだった。

「死んだとき泣かなくて、悪かったなあと思ってる」と言ったのだ。

ベッドの横に座っている夢を見たとも言った。黙って笑っているだけだったそうだ。すわ、迎えに来たか？

わたしは緊張したが、何も起こらなかった。その後、何度か「お父さん、もう出てこない？」と訊いてみたが、母は「来ないのよ」とあっさり答えた。どうでもよさそうだった。可哀想に。父は母にとって、相変わらず、さほど重要な存在ではない位置に戻ったらしい。

その経験があったから、次に覚醒したとき、どんな母が出てくるか心配でもあり、またあの懐かしい母に会いたい気もありでやきもきはしたが、ただ眠り続けるだけの枯れ木で落ち着いている。

最終段階だね。そう確認し合いながら、家族はそれぞれ自分の用事に集中した。それほどに緩慢な母の老衰ぶりは「死」の実感を遠ざけ、それを待つわたしたちを弛緩させた。

3

そして、五月になった。

母は五月が鬼門である。二〇〇二年の大危篤も、ゴールデンウィーク直前の入院から坂を転がるように悪化して起きたのだった。だから毎年、五月は身構えた。

二〇〇五年二〇〇六年とも四月末に容態が悪化し、入院した老人病院の対応が最悪で死にそうになった。だが、二〇〇六年の五月半ばから今の病院に転院し、手厚い看護でようやく安定した状態に落ち着いた。おかげで、二〇〇七年は拍子抜けするくらい、何もなかった。

だが、二〇〇八年五月六日、見舞いに行くと酸素マスクと点滴がついており、かたわらにいた院長が沈痛な面持ちで、今朝から意識不明で、普通ならもたない状況ですと言った。

普通なら、というのは、母が今まで何度も危機的状況を乗り越えてきたのを知っているからだ。

そして、そのときも結局、母は乗り切った。わたしに話をした院長が部屋を出て間もなく、介護士がおむつを替えに来た。そして、おむつを広げた途端、おしっこが出た。

「ああ、出たねえ」と介護士が明るい声を出したとき、母の目が開いた。そして、のぞきこんだわたしを見て、「タエコちゃん」と名前を呼んだ。

それでも、息は荒い。

人が死ぬのは午前三時。その説が頭にこびりついているわたしは、その日の夜、病室に泊まることにした。

すると、どうだろう。母の呼吸がどんどん穏やかになっていく。手足も温かい。点滴は漏れず、おしっこも順調に出る。

あらあら、またなの。

とろとろ眠ってばかりだが、昏睡ではない証拠にときどき目を開ける。

「心配だから、今夜は泊まるよ」と言ったら、「そう、ありがとう」と山の手の奥様みたいに上品に答えた。

「お母さん、向こうにいきかけたけど、また戻ってきたよ。お母さんは、まだ生きていたいかもしれないね」

母は弱々しく苦笑いした。

「そうかもしれないねえ」

「じゃあ、好きなだけ生きてみるか。わたしはいいよ」

自分に言い聞かせるつもりで、ちょこっと明るく言ってみた。母は胸の上で両手を組み合わせ、口元をとがらせて、もじもじしながらつぶやいた。

「……複雑な気持ち」

複雑な気持ち。それが、生きるってことですね。

翌朝、血圧も正常に戻り、酸素飽和度も十分なのを確認して、わたしはさっさと帰った。穏やかな状態は六月も続いたが、眠っている時間が圧倒的に長くなった。見舞いに行っても反応がなく、じわじわと死の方向に進んでいるのは明らかだった。一方、娘たちはそれぞれに忙しかった。母を見送る作業より、生きていくための仕事が優先だ。

母が順調に生命力を使い果たしていくのを横目で見ながら、いつ来るかわからないその時への備えと、個人としてすべきことのすりあわせをする日々が続いた。

だが、七月が近づくにつれ、わたしはあせった。

母の誕生日は八月二十三日だ。その日が来たら、母は八十四歳になる。

二〇〇二年の五月、一度は行った天国の門前から帰ってきたとき、母は「八十三まで生きることにした」と予言した。それが正しいとしたら、そろそろじゃないか？

母の容態からしても、その可能性は信憑性《しんぴょうせい》を帯びている。ところがわたしは一年前から、七月第一週の海外旅行を決めていた。わたしにとっては大事な旅行で、絶対に犠牲にしたくない。

姉たちもやめることはないと賛成してくれたので、六月のうちに葬儀業者に万一の場合についての手はずを相談することにした。

みなさん、葬儀業者では遺体を最長一カ月預かってくれるそうですよ。だから、喪主の旅行中やのっぴきならない用事で時間をとれなくても、葬儀を先延ばしにするのは可能なのです。

棺や祭壇や葬儀会場の等級も、打ち合わせして決めた。父のときは急だったので何も考えられず「とりあえず、これ」と適当もいいところだったが、今度はゆっくり考えられた。母のように死ぬまで時間がかかるのは家族を疲弊させるが、物理的にも心理的にも見送る準備ができるのは有り難い。

これで、後顧の憂いなく旅行ができる。それだけで、わたしは幸せになった。

旅行中は何事もなかった。帰ってきてからもだ。

母がはっきりと最終段階に入ったのは、七月二十日を過ぎてからだった。母はどうやら、わたしが心おきなく旅行を楽しめるよう、神様に交渉してくれたらしい。

意識不明が続いたが、息があるうちに会っておきたいと姪が東京から来た。話もできない状態だった母が、孫娘が付き添ったとき、口をきいたそうだ。

「おばあちゃん」という問いかけに「はーい」と答え、そのあと「暑い」と一言。

母が臨終プロセスに入ったのは、姪が帰った十時間後のことだった。

4

午前三時半に危篤の知らせを受け取ってから、まる十五時間経っても、母の状態に変化はなかった。一方、わたしたちも十五時間、横になっていない。

いつまで続くかわからないこの状態に耐え続けるのが、嫌になった。個室とはいえ、母と三人の娘がいるのは多すぎる。酸欠状態で息苦しい。

「明日までもちそうだから、一度帰って休もうか」と、わたしが最初に言った。

姉たちも胸苦しさを感じているようで反対はせず、「そうねえ」「どうしようか」と顔を見合わせた。

決められない。複雑な気持ち。そうなのだ。

母の死を看取るのが、怖い。その一方、看取らないことへの罪悪感もある。

だが、そのときは疲労と恐怖感が勝った。三人とも一度帰ることにして、ナースステーションに報告に行った。そうしたら院長が来て、「お母さんは確かに何度も危機を越えられてきたが、今回はおそらく無理です」と、暗に残るよう諭した。で、わたしが残ることにした。

姉たちには自分の車があるが、わたしは違う。夜中に知らせがあれば、タクシーをつかまえなければならない。そんなの不経済だし、行ったり来たりは面倒だ……。

そう思ったからだ。母の死を看取ろうという凛とした決意なんか、かけらもなかった。心を残しながら姉たちが帰ったあと、部屋に戻った。母の顎呼吸は、変わらず力強い。

「しょうがない。お母さんの老いと死を見届けるのは、わたしの運命なんだよね」

わたしは笑って、母にそう言った。時計は、午後六時半を回っていた。

姉たちが置いていった稲荷寿司を食べ、長椅子に横になった。いくらなんでも、テレビをつける気にはなれない。かといって、母の顔を見て何事か話しかける気にもなれなかった。顎呼吸を続ける母は「忙しいんだから、ほっといて」と言わんばかりに、近寄りがたい。

一時間ごとに様子を見に来てくれる女性看護師が、「ああ、血圧が測れない」と呟いたのは八時半のことだ。

ついに来たかと近寄ると、布団をめくって足首に血圧帯を巻いている。足先が白いので触ってみたら、すっかり冷たくなっていた。だが、顎呼吸は続いているのだ。

足で測った血圧は八十。

「でも、元気なときも九十を切ってらしたから」と、看護師は淡々と言った。

「じゃあ、まだ大丈夫なんでしょうか」

そう訊いたわたしに、看護師は視線を母にあてたまま、教えてくれた。

下降線をたどってゼロに至るのではなく、低め安定を保っていたのが、あるときプツッと途切れる。それが死の訪れ方なのだ――。

ここは老人病院だ。彼女は何度もその場面を見ているのだろう。わたしに話してくれたあと、小さく頭を下げて彼女は部屋を出た。

母の手足は、もう冷たい。だが、首の後ろは熱くなっていた。

最後に残ったエネルギーが集結して、顎を動かす動力に変換しているようだ。すごいなあ。全部、使い尽くすんだ。

九時に消灯。眠れないだろうと思ったのに、わたしは眠った。十時に夜勤の看護師が血圧検診に来たのは、横になったまま半目を開けて見ただけだ。そのとき、まだ母はあおむいて顎呼吸を続けていた。

そしてまた眠り込んだのだが、何がきっかけだったのか、ふっと目が開いた。視線の先に母の顔がある。さっきまで天井を向いていたのに、今はわたしを見ている。

え？

立ち上がって近づくと、目は閉じたままだった。もう、顎は動いていない。その代わり、酸素マスクの中で口が小さく小さく動いている。

規則正しく唇をすぼめて、息を吐き出しているのだ。ちょうど、浮き輪の空気を抜くように。

息を引き取る、事切れるとよく言うが、実際は吐き切って、終わる。最後の一息で魂が抜け出るともいう。予備知識として知っていたことだが、こうして目の当たりにすると、その説得力に感じ入った。

フーッ、フーッ、フーッ。吐き出すリズムに乱れはない。まさに、一歩ずつ階段を登っている感じ。

わたしは布団に右手を入れて母の冷たい右手を握り、「お母さん、もうちょっとよ。頑張って」と囁いた。

眉を開いた表情は、ひそやかだが乱れのない呼吸同様、静かだ。もう、何も怖がってない。

フーッ、フーッ、フーッ。呼吸の間合いが長くなった。階段の角度がゆるくなったみたい。

それとも、平たいアプローチにたどりついたのかな。

そのとき、母の右腕が付け根からぐーっと横に流れた。

え？

わたしは驚いて見下ろし、あわてて布団をめくって、何が起きたか確かめた。

重力で下に落ちたのではない。ベッドの上を平行移動したのだ。もう、ずっと、自力では指一本動かせなかったのに、こんなことって……。

わたしは母の手を握り直し、もう一度脇腹のほうに押しやった。すると再び、強い力で右側に引っ張られる。

わたしは手を離し、母の顔を見た。

息を吐く口の動きはますます小さくなり、三回を数えたところでピタッと止まった。

本当に、終わったのか？

母の口元を凝視したまま、手を伸ばしてナースコールを鳴らした。

「どうしました？」と訊かれたが、何も言わなかった。何も言えなかった。

わたしの手から母の手が離れていった驚きに打たれていたのだ。すごい力だった。

もう行くから、放して。

母がそう言って振りほどいたようでもあり、わたしの横に立った誰かがすっと母の腕をとったようでもあった。

すぐに足音がして、部屋のドアが開いた。カーディガンを羽織るのと電気のスイッチを入れるのを同時にやった若い女性看護師が、「今、止まりましたね」と、やや興奮気味に言った。

「はい」と、わたしは答えた。

看護師は母のほうにかがみこんで瞳孔を調べながら、「でも、娘さんがついておられて、よかったあ」と嬉しそうだった。

誰にも看取られず、ひとりきりで死ぬ年寄りを何人も見て、同情していたのだろう。この病院のスタッフは、みんな優しい。母は幸せだった。

けれど、母を看取ったわたしは感じた。

天国に向かう母のそばにいたのは、わたしではない。あっちの世界の人たちだ。階段を登る母の両側に大勢いて、声援を送っていた。ゴールを目指すマラソンランナーと、沿道の観客のように。

二〇〇八年七月二十五日午後十一時。八十四歳の誕生日まで、あと一カ月もない。予告通り老いを生ききった母もまた、父と同じく、祝福された死を迎えたのだ。

涙は出なかった。喪主のわたしには、すぐにすべきことが待っていた。わたしは用意していたメモを取り出し、携帯を開いた。

神様は、わたしの願いを聞いてくれる。

5

小説家になりたいと願い、そうなった。

二〇〇二年に母が死にそうになったとき「今、逝かせないで」と祈ったら、そうなった。

でも、ただで叶えてくれたわけではない。

神様は代償を求める。


子供の頃から、わたしはものを書くことより他にしたいことがなかった。けれど、それを追求するのは苦しいことだったから、二十代までは何度も他の道に逃げようとした（結婚とか）。

でも、やはり、書くこと以外に興味が持てないし、情熱も湧かない。物語を書いて生きていきたい。それができない人生なら、要らない。

そこまで思い詰めて、神様に訴えた。そうしたら、小説家になれた。

無論、朝起きたら、いきなりそうなっていた、なんてことはない。長い長い時間がかかった。

振り返れば、迷走していた時期のすべてが書くための準備期間だったのがわかる。しかしながら、その最中は苦しかった。苦汁をなめることなしに、願いは叶えられない。それが、神様のルール。

とはいえ、ずーっとずーっと苦しかったわけではありませんよ。楽しいことも嬉しいことも、たくさんあった（なんて、晩年トークだが）。けれど、小説家になりたいのになれなかった時期は、基本的に不幸だった。

しかし、そこは神様。手練手管《てれんてくだ》に長けており、思い通りにならない不幸にスネてやる気をなくさないよう、ときどき飴をねぶらせてくれるのだ。面白い物語やきれいな景色を見せるとか、恋愛するとかな。

うまいやり口だ。砂糖を使って象に芸を仕込む調教師みたいだ。

そんなこんなで、四十六歳でわたしは小説家への道にたどりついた。十七歳でデビューする人もいるというのに、すごい時間のかかりよう。わたしゃ、ひょっとして『ウサギとカメ』のカメなのか？　てことは、あのカメも実はぺたぺた前進しながら、内心あせりまくっていたのだろうか。こんな思いをさせる神様を恨んだだろうか。

ともあれ、小説家にはなれた。

そういえば、小説家になりたいと願ったとき、わたしは神様に他のことも伝えた。

「わたしのこれからの仕事は、書くことと親を見送ること。それ以外は、何もできなくても構いません」

これを胸で唱えたのは、四十間近。東京でフリーライターをしていた頃だ。

神様は、いい子が好きだ。「あれもこれも欲しい」なんて欲張りには、きっと罰を下す。だから、わたしは多くを望まない、しかも親孝行な「いい子」ぶりを神様に見せて、気に入ってもらおうと企んだのだ。

本当のことを言えば、書くこと以外、何もしたくなかった。「親を見送る」をあげたのは、点数を稼ぐためだ。

どうせ、親の葬式を出すのは子供の義務のようなものでみんなやっていることだから、さほど大変じゃない。それでいて、口にすればみんなにほめられる「いいこと」だ。

わたしは神様に対して、いい子ぶったのだった。そして神様は、乙女の祈りを百パーセント聞き届けてくれた。

わたしを小説家にし、親を見送らせた。

いやー、きつかった！

何がって、今まで書いてきたように、親を見送ることが、である。

老いた親と同居しているすべての人に、お見舞いを申し上げます。

大変ですよねぇ。

6

二〇〇二年に入ってから、母は息苦しさを訴えるようになった。ときどき、畳に突っ伏して苦しさをこらえていた。

ホームドクターはパニック発作だと診断した。母は二週間に一度、抗うつ剤や胃の薬を出してもらうため医者に通っていたが、主たる問題がうつ状態だったのが災いしたのだろう。心臓の悪化は見過ごされた。

家族も、母が訴える「胸苦しさ」を軽視した。医者嫌いの母が、苦しいなら病院に行こうと言うたび、「じっとしてたら治るから、いい」と答えるのも口実になった。

本人が嫌がるものを無理強いしてもねぇ。こっちだって、いろいろ忙しいし。

こうして、母の両目がむくみで腫れ上がるまで、わたしたちは何もしなかった。そして、あわてて病院にかつぎこんだ途端、つっかい棒がはずれたかのように母は意識を失った。

危篤を告げられ、母と同居していた父とわたしは青くなった。わたしたちの怠慢のせいで、母が死ぬ――そんなの、困る。

母のためではなく自分のために、わたしは神様に祈った。

「このまま逝かせないで。嫌というほど介護してからにしてください」

祈りは通じ、三日三晩の闘いの末に母は生還した。そして、次の瞬間から「嫌というほど」の介護生活が始まった。

以後の六年間、わたしは何度も上目遣いで天を眺め、「まだでしょうか」とお伺いをたてた。

介護するの、もう、嫌なんですけど……。

けれど、神様は聞いてくれなかった。わたしはアップダウンを繰り返す母の容態に縛られ、振り回された。

一方、小説家としての生活に支障はなかった。介護にはうんざりしたが、書くことに詰まることはなかった。それどころか、病院と老健施設での経験は作中に反映された。

このことから、わたしは考えた。

何かを得るためには、応分の負荷を背負わなければならないのだ。それが、神様のルール、神様の秤《はかり》が課すバランスだ。

お母さんの介護でヒーヒー言っているうちは、小説家としての立場を守られる――。きっと、そうだ。お母さんが、わたしのお守りだ。

わたしはそう思った。そう思うことで、介護の重荷をやり過ごそうとした。

今、介護に取り組んでいる人やこれからの人に申し上げますが、介護って波があるんですよね。凪《なぎ》のときもあれば、大嵐でこっちの心身が沈没寸前まで翻弄されることもある。

要介護状態になった年寄りには、何が起きるかわからない。精神安定剤や睡眠薬が逆に作用して大興奮して大暴れなんて、ざらだ。けいれんや一時的呼吸停止、昏睡と覚醒の繰り返し、治療中に起きる脳梗塞など、まったく、なんでこうなるのか誰にも説明のつかない事態が次から次へと起きる。

こんなことなら、早くお迎えが来たほうが当人だって楽に違いない。コントロール不能の肉体に翻弄される年寄りを見れば、そう思わずにはいられない。

誰だって、惨めな姿をさらすことなく、すーっと昇天したい。けれど、そうはいかないのだ。

神様は、生命ある限り、苦しむことを求める。それが、生きるということだから。

うつに陥って三年、心臓が悪くなってから息を引き取るまで六年、母を介護したわたしは、周囲に「よくやっている」とほめられた。

でも、ずっと罪悪感があった。

うつになった母に苛立った。そのため、胸苦しさを訴えられても、いつもの泣き言の延長としか思わず、加えて母の面倒を見るのにうんざりもしていたから、訴えを聞き流した。そのせいで、母の心臓は取り返しのつかないところまで悪化した。そのうえ、ついに母に最期の時が訪れようとしているときも、一度は看取らずにすませようとした。

人は、自分のしたことから逃れられない。母は責めなくても、わたし自身が責める。母がいなくなったら、罪悪感だけが残るのだ。そして、わたしに襲いかかる。

わたしは半ばそれを予測して、恐れた。

7

「あんなに元気だったのに……」

二〇〇八年三月、最後の覚醒時、見舞いに来た次姉と思い出話をしたとき、母がそう呟いたそうだ。

一九九九年に完全なうつ状態に陥ったときから、母は自分を見失った。かつて苦もなくやっていた日々の作業のすべてを、どうやってこなしていたのかもわからなくなった。計算ができなくなり、自分の名前も書けなくなった。それは、あまりにも激しい混乱で集中力が失われたためなのだが。

母はあせり、まだできることにすがった。かろうじてレシピが頭に残っているこんにゃくのキンピラとナスの味噌炒めを、毎日作った。そして「ちゃんとできてる？」と、わたしと父に訊いた。自分では味がわからないからと。

わたしたちは「おいしいよ」と答えたが、母は安心しなかった。疑うような奇妙な目で、わたしたちをじっと見た。

怖い目つきだった。母に何かが取り憑いているとしか思えなかった。わたしたちが何を言っても、母を安心させることはできないのだ。うつの母にとって、世界中が敵だった。

それでも、根がファイターの母はこの状態と闘おうとした。

朝、父と同じ時間に起きて、拭き掃除用の水を入れたバケツを店まで運ぼうとして転んだ。朝と勘違いして深夜に起き出し、台所の床をモップでこすった。定期預金の証書が見つからないと泣き出した。

ホームドクターが処方する抗うつ剤では、この混乱を収拾できない。ついに大病院の精神科に通うことになり、母は完全にくじけた。

うつになっても、いや、だからこそというべきかもしれない、体裁を気にする部分はしぶとく残った。だから、精神科に通う、つまり自分は頭がおかしくなってしまったという思い込みにとらわれた。

若い医者は母に「もう昔のように頑張る必要はないんだから」と諭し、老いを受け入れさせようとした。けれど、母は彼に「納得できない」「こんなはずじゃなかった」「こんな自分は自分じゃない」と訴え続けた。

母は老いを受け入れなかった。母らしい強情で、老いた自分を拒絶した。どんな薬も、この頑固な現実否定を打ち負かすことはできなかった。

心臓がイカレたのは、老化という自然現象を受け入れない母に対する肉体からのリベンジに思える。

わたしたち（と、母の内臓が団体交渉）はあんたの命令に従って頑張ってきたのに、あんたときたら、わたしたちにちっとも感謝しないで、大事にもしないで、長く働いて衰えてきたからって邪険にするなんて、ひどいじゃないの。これでも、食らえ！――ってんで、心臓の血管がストライキ。

かくて母は、病人になった。元気な頃は、寝たきりになって下の世話をされるくらいなら死んだほうがましだと言っていたのに、本当にその身の上になったとき、リハビリで機能回復をはかる努力を放棄した。このまま横になってじっとしていたいから、そうさせてくれと、わたしに頼んだ。

母は「わたしが先頭に立って」「わたしが犠牲になって」という口癖通り、ぐいぐい行動するのでなければ生きている気がしない人だった。だから、そうできない自分を見捨てた。

暗い顔でベッドに横たわり、家族の近況にまったく興味を示さない母が恨めしかった。元気だった頃の面影さえ思い出せなくなり、そのぶん、母への感謝も薄れた。ただ漫然と、死なない母に付き添った。

だが、六年もの茫然自失状態の末に、母は突然、自分を取り戻した。

台所で家族のために食事を作りながら、店の様子も気にする。母が中心になって動かしていた、表が店で裏が居間と台所、そして上に子供たちがいる小さな木造二階建て。今はもう、取り壊されてなくなった昔の家に、母は戻った。

傍目には幻覚だが、狂った脳の配線が見せた妄想ではない。母は、記憶の糸を巻く芯にたどりついたのだ。

子供たちの母親として生きた。ここが居場所。これがわたしの人生だったと、母がついに納得した。

そのとき、神様が母の肩をそっと叩いた。

「ご苦労さん」と、神様は言ってくれたに違いない。神様もきっと、この時を待っていたのだ。せっかく生命を与えたのに「納得できない」なんて言われた日には、神様だって立場がない。

立派な骸骨を遺した父と違い、焼き場から出てきた母の骨は、ほとんど形をとどめていなかった。

寝たきりが長い年寄りはほぼ例外なく、こうなるそうだ。ある友人は長年飲んだ薬のせいで骨が溶けるのだと解釈したが、おそらくは寝たきりの弊害なのだろう。人間の身体は自力で動かさない限り、自らを維持できないのではないか。

ともあれ、わたしは跡形もなく消え去ったことも母らしいと思った。後ろを振り返るのは、嫌い。元気な頃の母はいつも、そう言っていた。

家族だけの通夜。親しかったご近所さんが来てくれたこぢんまりした葬式。その間、家族は誰も泣かなかった。むしろ、陽気だった。

父は四十九日が来るまで、盛んに夢枕に立った。それは、わたしの脳がいきなり消えた父の死と折り合いをつけるために働いていたからだろう。

だが、母は違った。わたしは夢も見ず、ひたすら熟睡した。

母が死への緩慢な道をたどった九年間、してやれなかったことがたくさんある。面と向かってひどいこともずいぶん言った。もっと適切に対応していれば母は安楽な老後を送れたのかもしれないと、生きている間は何度も思い、罪悪感に悩まされた。

でも、それも終わった。

母は苦しんだが、それは老いを受け入れ適応するのを拒否した報《むく》いだった。自我を通すなら、応分の代償を支払え。神様は、それを母に課した。

不本意な晩年も、母の性分が招いたものだ。つまり、母は母らしく生き抜いたのだ。本人もよく言っていた。「わたしは業が深い」と。

人間は生まれ持った個性通りに老い、死んでいく。それが、父と母の老いと死を見届けたわたしの、現時点での感想だ。


晩年、父が戻りたがったのは少年時代だった。父にとっては、わたしたちより自分の親や幼なじみのほうが大事なんだなと少し寂しかった。けれど、きっと人はみんなそんなものなのだろうとも思った。だから、母に何度も「昔が懐かしくないか」と訊いた。懐かしみ出したら終わりが近づくと思い込んでいたからだ。

だが、母が戻りたかったのは、母親である自分だった。そのことが娘たちには何よりの贈り物になった。おかげで、わたしの罪悪感もきれいに洗い落とされ、清々《すがすが》しい気持ちで母を見送ることができた。

父はマイペースな人で家族をはじめ他者の気持ちを忖度《そんたく》する神経がなく、思いやりに欠けたが、東京にいる長姉や姪が悩みを訴えると励ましの手紙を送った。

わたしが腕の火傷の傷について次姉に話しているのを耳にして、「可哀想だ」と泣いていたと、母に聞かされた。正月に顔を合わせた三人娘がおしゃべりしている様子を眺め、嬉しそうにニコニコ笑っていた顔を覚えている。父もまた、しっかり、父親でいてくれた。

わたしは、こんな両親に育てられた。だから、この先どんなことがあっても、わたしの人生は不幸たり得ない。わたしはすでに、最高のものをもらっているのだから。

父と母が声を揃えて歌うのを、一度だけ聞いたことがある。

母はうつですっかり元気をなくしていたが、まだ心臓疾患が現れておらず、ただじっと居間に座り込んでいる毎日だった頃だから、二〇〇一年くらいだろうか。年末の特別番組で唱歌を含めた懐メロをやっていた。

わたしは父と母に背を向ける形でコタツにもぐりこみ、うたた寝をしていた。
父が何か言い、母が言葉少なくそれに答える。そんな会話ともいえない会話が続くうち、テレビで『故郷《ふるさと》』の合唱が始まった。

兎追ひしかの山　小鮒釣りしかの川
夢は今もめぐりて　忘れがたき故郷

父が歌い、母がか細い声であとに続いた。母が一緒に歌うので、心なしか父の声が晴れやかに弾んだ。テレビの画面には歌詞のテロップが流れ、二人は三番まで歌った。

志をはたして　いつの日にか帰らん
山はあをき故郷　水は清き故郷

振り返ったら、きっと歌うのをやめてしまう。わたしは寝たふりを続けた。そして、思った。
なんて、いい場面なんだ！

いつか、二人がいなくなったとき、わたしはきっと、この場面を思い出す。そして、葬儀の挨拶で披露するんだ。ウケるぞ。

『故郷』は終わり、テレビでは『朧月夜』が続いた。父は歌ったが、母はやめた。当時の母の気力では、一曲が精一杯だったのだ。

母はどんな気持ちで歌ったのか。二人で歌ったことを、父はどう思ったのか。

寝たきりになった母に確かめてみたら、すっかり忘れていた。父の日記にも記述はない。

あの場面は、神様がわたしのために用意したのだ。今、わたしはそう思う。

そのわりに、葬式の挨拶で紹介するのをすっかり忘れた。実を言うと、この稿を書くまで忘れっぱなしだったのだ。

リアルタイムの感動って、意外とあてにならないものですね。

8

父のこと。母のこと。おばちゃんのこと。昔の級友たちのこと。

今まで書いてきた彼らのエピソードのほとんどは、わたしだけが記憶しているものだ。わたしは無意識にそれらを心に刻み、ときに夢で、あるいは不意に訪れる回想として何度も蘇らせた。

しかし、わたしの脳が刻み込んだ物語が正確だとは限らない。

ごく最近、小学校時代の級友と再会した。三、四年生のとき同級だったそうで、彼女のほうがわたしを覚えてくれていた。そして、卒業アルバムを見せてくれた。

すると、卒業記念写真の中に恵子Bがいるではないか。転校していなくなったと思い込んでいたのに、実は卒業まで一緒だったのだ。そりゃ、同窓会に来るはずだよな。

でも、わたしの記憶には、学校の裏門で別れて以降の彼女の姿がまったくないのだ。察するに、お互いに避け合って接触がなくなっただけのことだったのだね。そして、わたしの灰色の脳細胞は、恵子Bは『風の又三郎』のように転校して消えたと脚色した。

その写真には当然、金井くんもいたが、学生服ではなかった。他の男子が黒い詰め襟の中、白黒たて縞のくたびれたセーターを着ていた。あらま、全然違うじゃん。でもわたしが覚えているのは、すり切れた詰め襟の彼なのだ。

おばちゃんの娘である従姉には、おばちゃん一家に関する事実誤認が多々あると指摘された。すいません。

記憶は嘘つきだ。でも、大事なのはエッセンスだと、わたしは強弁する。この世とはつまるところ、わたしに見えている世界のことなのだ。わたしは、わたしが作った観念の檻《おり》から出られない。けれど、時折、檻の中に光が差し込む。風が吹き込む。

そして、わたしに思い出させる。この世に生を受け、生きてきたからこそ出会えた人たちのことを。

彼らはわたしの中で生き続け、わたしは彼らによって生かされている。

それが、神様のすることだ。


介護は大変な負担だ。わたしはすんだから、ずいぶん楽になった。なんて威張って書いているが、実際は母一人に集中できたし、姉たちがいたから楽なほうなのだ。実の両親と舅姑、両方の介護をしている人はざらにいる。

そんなみなさんと、これから介護を担わなければならない人たちには、「大変だから頑張って」と言うしかない。お金も時間も体力もぶんどられ、そのうえ罪悪感も一杯背負うだろう。

でも、周囲の状況を観察したところ、「介護した人は介護されずに死ねる」特典がついているらしく思われる。少ない例で断言するのはわたしの癖なので、あんまり真に受けないでいただきたいが、でも、それは慰めになるでしょう？　ひとつくらい、いいことがなくちゃね。

年寄りの老いと死を看取るメリットは、他にもある。

歳をとるって、こういうことなんだ。死ぬって、こういうことなんだっと、勉強できる。

これは、大きい。

老いる自分を受け入れなかった母の苦闘を見たおかげで、五十半ばを過ぎたわたしは、ばあさんになる自分に馴染む努力を始めた。

見た目はぼろぼろだし、いろんなことができなくなるし、ほんとにもう、つらいことばっかりです。

でも、だからって、逃げちゃいけないんだな。

老いるというのは、『マッチ売りの少女』になることです。

大晦日の夜、ぼろぼろの服と片っぽしかない靴というありさまで、寒さをしのぐすべのない、憐れなマッチ売りの少女。

誰にも気付いてもらえず、ひとりぼっち。かじかむ指を温めるためマッチをつけると、小さな火の中に暖かい部屋やごちそうやクリスマスツリーが浮かび上がる。

でも、それらは手を伸ばすと消えてしまう。マッチ一本で見られる夢は、ほんのつかの間。

それでも、マッチをすれば温かい。

次々とマッチをすっていると、火の中におばあちゃんが現れた。

少女が一番会いたかった優しいおばあちゃん――。

おばあちゃんが消えないように、少女はありったけのマッチをする。するとおばあちゃんは光り輝いて、少女を抱きしめてくれた。

翌朝、凍死した少女は微笑んでいる。でも、道行く人は誰も、その笑顔に気付かない……。

年老いたら、手にあるものは思い出をありありと呼び覚ます一箱のマッチだけだ。でも、それは、わたしだけのマッチ箱。わたしにしか見えない思い出。

それだけを頼りに寂しさやつらさに耐えていたら、神様に赦《ゆる》されて、一番自分らしい姿で一番戻りたかった場所に戻れるのだ。


終わりが近づいたとき、わたしが懐かしがるのは、戻りたがるのは、どのときの自分だろう。

それは、最後の最後にわかること。神様は教えてくれない。それどころか、これから起きることも、予測すらできない。下手に予測すると、神様に裏をかかれる。

下手の考え、休むに似たり。これを肝に銘じないとね――とかなんとか、今はこんな悟りすましたことを余裕で書いているわたしだが、ばあさんになったら「あいつが悪い」「こいつのせいで」と、恨みと愚痴のかたまりになってタチの悪い正体をさらけ出し、「あんな人だと思わなかった」「あの人がこんなことになるなんて、怖いわねえ」なんて言われるようになるかもしれない。

仕方ないね。

神様のすることには、かなわない。

そういうことなのだ。

解　説

藤田香織

現在四十代半ばになった私は、十年前「両親が死ぬ」ということを、考えてもいなかった。その頃、既に父は定年退職していたが、ボランティアや会社員時代の友人との交流に飛び回っていたし、母は医療事務のパートに出ていて、休日は近所の奥様方と頻繁にバス旅行など楽しんでいた。私はといえば、会社を辞めてフリーライターになり、ようやく書評の仕事を中心にしていこうと決心したばかり。「親は元気であたり前」、介護問題なんて、まだまだ当分先の話だと思い込んでいた。

ところが、それから数年後に両親は立て続けに入院した。幸いにして大事には至らなかったけど、それは結果でしかなく、病名を告げられたときのショックは大きく、私はたちまち仕事が手につかなくなってしまった。漠然としていた、「親の死」が、凄《すさ》まじい勢いで接近してきたことに狼狽《うろた》えたのだ。父が、母が、死ぬかもしれない。そんな日がいつか来るとは、分かっているつもりだったけれど、それはあくまでも「いつか」で「つもり」だった。

もちろん、一般的にはもう、いつ親が死んでもおかしくない年齢であるという自覚も頭の片隅にあるにはあった。毎年届く年賀状の喪中欠礼ハガキ。十代、二十代で親と死別した友人もいる。自分だけじゃない。むしろこの歳まで親が死ぬことを考えずに生きて来られたのは、幸運だったのだと思おうと努めた。でも、これが全然上手くいかなかった。次から次へと押し寄せてくる、対処しなければいけない物事があまりにも重すぎて。自宅で療養していた父が、テレビをつけようと電話の子機のボタンを押す。退院してきたばかりの母に、また検査で異常が見つかる。やがて「その日」が来るのだと実感しただけで狼狽えていたのに、気がつけば「いつか」来るなら、もういっそ「早く」、とさえ思うようになり、そんな自分を嫌悪して、ますます落ち込んだ。

二〇一〇年に刊行された本書の単行本を読んだのは、両親の病状も、私の気持ちも少し落ち着いて、凪《な》いだ時間が流れ始めた頃だった。

一度読んで、すぐに再び、オレンジのマーカーを持って読み返した。最初に線を引いたのは〈母は、なかなか死なない。わたしはそのことに慣れた。〉という箇所だった。慣れた？　慣れるんだ⁉　慣れていいんだ！　そうか……‼　心のもやがすーっとはれていくような感覚を、今もはっきりと覚えている。言葉にすると気恥ずかしいけれど「救われた」と思った。そしてきっと、そんなふうに感じるのは私だけではないはずだ。

〈「わたしのこれからの仕事は、書くことと親を見送ること。それ以外は、何もできなくても構いません」〉。子供の頃からもの書きになりたいと願い、けれど思いが強すぎた故に踏み出す勇気が出せずにいた四十歳目前の頃、著者はそう神様に訴えた。本当は「小説家になりたい」だけに留めたかったけど、神様は「いい子」がお好き。「親を見送る」という孝行ポイントも足しておけば、覚えめでたく願いを叶えてくれるだろう、という点数稼ぎに過ぎなかったという。そして実際、神様はその願いを叶えてくれた。実に真面目に、全ての願いを。

一九九九年四十六歳でオール讀物新人賞を受賞し、平安寿子として念願だった作家としての道を歩み出した著者は、しかしそれと時期を同じくして完全なうつ状態に陥った実母の介護生活に突入する。本書はその更に三年後、母親が急性腎不全と心不全に肺炎を併発し、三日三晩の危篤状態から生還する場面から幕を開け、それから父を葬り、母を看取るまでの長い日々が綴られていく。

特筆すべきは、本書が所謂《いわゆる》「介護日誌」的な形式ではなく、作家としての目を通して「物語る」ように書かれている点にある。祖父母の代にまで遡《さかのぼ》り、両親の生い立ちから、実母と父方の伯母の確執、そして自らの想い出。自分が見てきたもの、聞いてきたもの、感じたことを、時に冷徹なほど容赦なく赤裸々に、それでいて愛情深く〈わたしは、こんな両親に育てられた。だから、この先どんなことがあっても、わたしの人生は不幸たり得ない。わたしはすでに、最高のものをもらっているのだから〉と。

「タエコ」という娘として生きてきた時間を、平安寿子という作家として書くことは、特有の難しさもあったと想像するのは難くない。けれど、それ以上に本書には〈物語を書いて生きていきたい〉と願い続けてきた著者の矜持《きょうじ》が込められているように思う。精神的にも肉体的にも辛くないはずはない長期間に及ぶ介護生活を、それでも苦しみだけではないのだと私が心から信じられたのは「平安寿子」だからこそ、だ。

二〇〇一年に刊行された『素晴らしい一日』（文藝春秋→文春文庫）から、多くの称賛を得た『グッドラックらくらばい』（講談社→講談社文庫）、秀逸なお仕事小説『くうねるところすむところ』（文藝春秋→文春文庫）、痛快な更年期『あなたがパラダイス』（朝日新聞社→朝日文庫）など、平安寿子の小説は、一貫して私たちの日常に近い世界が舞台だった。

それは、長い介護の果てに母親を見葬《みおく》った翌二〇〇九年に刊行された『さよならの扉』

（中央公論新社→中公文庫）から、現時点での最新刊になる『コーヒーもう一杯』（新潮社）に至るまでも変わらない。誰かと出会って別れ、悩んで凹んで働いて、一喜一憂する毎日のなかでそれでも「生きる」悦びを「生きていく」楽しみを、平さんは謳《うた》い続けている。

恐らく、本書を未読の読者には、作者の背景にこうした介護生活があったとは気付かない人も多いだろう。それでも作品の評価は変わるものではないし、「大変な日々のなかでこんな小説を書いていたんだ」などと斟酌されることは、平さんも望んではいないだろう。でも、いや、だからこそ、私は本書もまた「エッセイ」ではなく「物語」として、受け止めたいのだ。一定の距離をもった、けれど、これから親の死と直面することになる人たちを、励まし、勇気づけ、覚悟を促すだけでなく、既に両親を見葬った人の心にもそっと寄り添う平安寿子「らしい」物語だと。（尚、平さんのエッセイとしては二十六歳のときのパリ留学を回想する『セ・シ・ボン』〈筑摩書房〉、東日本大震災を受け、文庫化時に大幅改稿された『幸せになっちゃ、おしまい』〈マガジンハウス→幻冬舎文庫〉があり、それはそれでたっぷり面白いのでぜひ！）。

「親の死」は自分が生きている限り、遅かれ早かれ、誰もが経験する。だからといって平気でいられるはずはない。そりゃもう心身ともに疲労困憊だ。でも、親の人生はそれで終わりじゃない。自分の人生もそこで終わるわけじゃない。〈彼らはわたしの中で生き続け、わたしは彼らによって生かされている〉。「神様のすること」を胸に刻んだ「平安寿子の書くもの」は、これからもきっと、私たちの行く道を温かな光で照らし続けてくれるだろう。

——書評家

この作品は二〇一〇年一月小社より刊行されたものです。

神《かみ》様《さま》のすること

平《たいら》安《あ》寿《す》子《こ》

平成25年2月10日　初版発行

発行人――石原正康
編集人――永島賞二
発行所――株式会社幻冬舎
〒151-0051東京都渋谷区千駄ヶ谷4-9-7
電話　03(5411)6222(営業)
　　　03(5411)6211(編集)
振替00120-8-767643

印刷・製本―図書印刷株式会社

装丁者――高橋雅之

検印廃止

幻冬舎文庫

ISBN978-4-344-41978-0　C0193　た-31-3

幻冬舎ホームページアドレス　http://www.gentosha.co.jp/
この本に関するご意見・ご感想をメールでお寄せいただく場合は、
comment@gentosha.co.jpまで。